장인 브살렐

김요한 지음

Pleroma
플레로마

장인 브살렐

김요한 지음

Pleroma

엘리베이터를 타면 다양한 글자가 눈에 들어온다. '금연', '기대지 마시오', 그리고 택배기사가 써놓았을 것이 뻔한 '3'과 '4'. 문이 열리면 왼쪽이 3호, 오른쪽이 4호라는 뜻이다. 이 세상에 의미 없는 글자는 없다. 누군가가 그것을 썼다면 다 이유가 있는 것이다. 사람의 존재도 그렇다. 의미 없는 사람은 없다. 그런데도 대중은 영웅만 기억하고 영웅 옆에서 도왔던 사람을 잊어버린다. 마치 영웅 외에는 존재의 가치가 없는 것처럼 말이다. 그래서 그랬을 것이다. 내가 브살렐을 주목하게 된 것은.

출애굽의 영웅 모세 곁에서 그의 성공을 위해 뒷바라지했던 많은 사람이 있다. 그중에 하나가 브살렐이다. 그가 제작한 성막은 이집트에서 빠져나온 히브리인들이 하나님의 백성으로 거듭나는 것에 일조했다. 그러나 모세의 일생이 출생부터 죽음까지 전부 전해지는 것에 비해, 브살렐은 단지 재능 있는 사람으로 이름만 간신히 전해질 뿐이다.

그가 만든 성막을 생각해 보라. 이건 정신적으로나 기술적으로 완숙한 경지에 오른 장인만이 해낼 수 있는 일이다. 법궤는 수준 높게 짜맞춤 공법으로 제작됐고, 각종 기구는 고온에서 제련한 금과 구리로 만들어졌으며, 지붕은 색색의 실로 짠 것, 양털을 눌러서 만든 펠트, 그리고 마름질을 한 가죽 등으로 덮였다. 제사장은 열두 개의 보석이 반짝이는 옷을 입고 있었는데, 그가 걸어갈 때마다 옷깃에 매달린 작은 금종이 맑은소리로 울었다. 성막의 모든 것은 화려하면서도 경건하고, 근엄하면서도 신비로우며, 상징적이면서도 실용적이었다. 이런 일을 재능만으로 할 수는 없다. 광야에서 성막을 제작하던 브살렐은 이미 완성된 장인이었음에 틀림이 없다.

그는 어디서 무엇을 하며 살았기에 수준 높은 장인의 반열에 오를 수 있었을까? 나는 이집트 사회의 가장 낮은 자리에서 출발한 그가 최고의 기술을 가진 장인이 되어가는 과정을 상상해보았다. 내 머릿속에서 한 재능 있는 젊은이가 고대 이집트 신전의 어두운 통로를 걷고 있었다. 그는 고뇌하는 젊은이다. 많은 사람이 친구로, 스승으로, 그리고 원수로 그의 곁을 스쳐 지나간다. 그중에는 애틋한 사랑도 있을 것이다. 상상만 해 본 것인데도 한 인간의 성장과 성숙이 가져다주는 큰 감동이 밀려온다.

브살렐이 걸었던 장인의 길과 영웅 모세가 걸었던 지도자의 길은 분명 다르다. 모세의 길이 출애굽이라는 거대한 산맥에서 가장 높은 산으로 통한다면, 브살렐의 길은 우리를 가장 아름다운 산으로 인도한다. 장인의 길은 신비로운 길이기도 하다. 신들의 나라였던 고대 이집트에서 장인의 기술이란 곧 신들의 지혜이기도 했기에, 이 길을 따라 걷다 보면 고대 이집트 신들의 세계로 통하게 되는 것이다.

'장인 브살렐'은 브살렐이 걷는 길을 따라 3부작으로 기획되었다.

1부는 브살렐이 장인의 길에 입문하는 과정에 초점이 맞추어져있다. 그가 활동하는 중심 무대는 멤피스의 프타신전이다. 프타는 이집트에서 가장 오래된 신에 하나로서, 창조의 신이자 지혜의 신이다. 그러므로 프타의 신전은 가히 이집트 예술과 공예의 중심지라 할 것이다.

2부는 파라오의 왕궁이 있는 테베가 무대다. 이집트 예술을 최대로 소비하는 곳이 왕실이었으므로, 이곳은 최고 수준의 장인들이 기량을 다투는 격전지이기도 하다. 그리고 테베에는 많은 비밀을 간직한 채 잠들어 있는 왕가의 계곡이 있다. 브살렐은 이곳에서 사랑과 경쟁과 모험을 하게 될 것이다.

3부는 브살렐이 자기의 고향이자 히브리 노예들의 주거지인 고센에 돌아가서 겪는 일들이다. 여기서는 브살렐의 정신적인 세계와 종교적 갈등을 다루게 된다. 장인의 길은 기술로만 완성되는 것이 아니며, 정신의 성숙이 함께 있어야 한다. 특히 조상의 하나님을 유일신으로 믿는 모세의 등장은 이집트 신들의 비밀을 엿보며 장인의 기술을 축적해 온 브살렐에게 최고 수준의 갈등과 고민을 안겨줄 것이다. 이런 내적 고통을 통과한 자만이 비로소 하나님의 집인 성막을 완성할 수 있는 것이다.

이제 장인 브살렐을 읽으려고 하는 독자는 신발 끈을 꽉 조이고 출발선에 서라. 이 책의 첫 장을 넘기는 순간, 고대 이집트의 신비롭고 아름다운 세계가 눈앞에 펼쳐질 것이다. 이 책의 끝에 가서 당신을 기다리겠다. 부디 무사히 여행을 마치기를 바란다.

차 례

장인 브살렐
匠人 Bezalel

1. 광야의 장인

"아냐, 아니야! 이게 아니라고!"

한 노인이 미친 듯이 집어던지는 물건들이 뜨거운 광야의 공기를 가로지르며 날아갔다. 흙먼지를 피워 올리며 땅에 틀어박힌 물건들이 햇빛을 받아 반짝거렸다.

'노인네가 힘도 좋지. 저걸 정통으로 맞으면 뼈가 부러지겠군.'

여호수아는 멀찌감치 떨어져서 모세의 힘자랑을 지켜보았다. 그는 모세가 다혈질이긴 하지만, 사람을 다치게 하지는 않는다는 것을 알고 있었다. 그래도 무거운 놋쇠그릇들이 땅에 틀어박히는 것을 보고 있자니, 등골에 식은땀이 흘렀다.

"브살렐, 이리 와보게."

어느새 평정을 회복한 모세가 브살렐을 불렀다. 브살렐은 장인의 자부심을 몽땅 얼굴로 끌어모은 듯, 턱을 치켜들고 굳은 얼굴로 모세에게 다가갔다. 그러나 모세를 향해 걷는 그의 다리는 자부심을 배신하고 비틀거렸다.

"이보게. 내가 자네에게 몇 번을 더 설명해야 하겠나? 이것들은 내가 환상 중에 본 것과 너무 다르네."

"그럼 설명을 하지 말고, 그림을 그려주세요. 이런 것 말고 진짜 그림이요."

브살렐이 내민 파피루스에는 비뚤비뚤한 뿔을 달고 있는 이상한 네모, 동그라미, 세모들이 그려져 있었다. 어린아이의 장난스러운 그림처럼 보이지만, 그럴

풍부한 상상력과 섬세한 관찰력으로 평범한 것을 특별하게 만들어내는

리가 없었다. 모든 물자가 부족한 광야에서 어린아이가 귀한 파피루스를 낭비하도록 내버려 둘 어른은 아무도 없을 것이다.

"큭큭큭."

갑작스러운 웃음소리에 깜짝 놀란 여호수아는 슬그머니 오홀리압의 소매를 잡아끌었다. 오홀리압도 자기의 실태를 깨닫고 황급히 입을 틀어막고 모세의 눈치를 살폈다. 다행히 모세는 일일이 손으로 짚어가며 파피루스의 그림들을 설명하느라 주변의 소음에 신경 쓸 겨를이 없어 보였다.

"갑자기 그렇게 웃으면 어떻게 하나? 더는 모세 님을 흥분시키면 곤란하다네. 저분이 저리 건강해 보여도 사실은 80세가 넘은 노인이네."

"죄송해요. 저 종이에 있는 그림들이 생각나서 저도 모르게 그만. 제가 브살렐 님과 함께 저 그림을 얼마나 많이 들여다봤는지, 이제는 보지 않아도 작은

재주꾼 김요한 작가, 이번에도 장인 브살렐을 통해 펼쳐갈 재밌는

점까지 다 생각이 날 지경이거든요."

또 무엇이 생각났는지 오홀리압의 입꼬리가 실룩샐
룩했다. 여호수아는 상대하고 싶지 않아서 얼른 주변
을 둘러보았다. 누가 뭐래도 모세는 자신이 섬겨야
하는 어른이었다. 그런 어른의 부족함에 관해 다른
사람에게 듣는 것은 즐거운 일이 아니었다.

큰 천막 여러 개가 보였다. 천막들은 더운 날씨에
바람이 충분히 드나들도록 벽체를 두르지 않아서, 그
안에서 일하는 사람들의 모습이 훤히 보였다. 그중에
하나는 여인들만 모여 있었다. 가로지른 장대에 걸려
있는 알록달록한 천들 사이로 높은 웃음소리가 까르
르 쏟아져 나왔다. 무엇이 그렇게 좋은지 다들 즐겁
게 일하고 있었다.

"얘야. 그만 가자."
"얘가 뭡니까? 이 사람도 나이가 마흔 살이 넘었습
니다."

이야기가 기대됩니다. 김요한 파이팅~!_조현철

모세와 브살렐이 여전히 옥신각신하면서 여호수아에게 다가왔다.

"자네하고 이 아이하고 친구지 아마?"

"그렇습니다. 저와 브살렐은 고센에 살 때부터 동네 친구였습니다."

모세가 브살렐에게 물었지만, 대답은 여호수아가 했다. 그것도 허리를 깊숙이 숙이며 최대한 정중한 태도로 하는 대답이었다. 모세가 이 꼬장꼬장한 장인을 나이로 눌러보려고 한다는 것을 알았기 때문이었다. 조금 전의 말싸움에서 큰 낭패를 보았음이 틀림없었다.

"흐흥. 역시 사부님은 대단하세요. 위대한 모세 님이 쩔쩔매다 가시네요."

"이놈, 그런 게 아니다. 후, 저 어른이 왜 내게 이런 큰일을 맡겨주시는지 모르겠구나."

브살렐은 오홀리압의 머리통에 작은 혹을 달아주면

서 깊은 한숨을 내쉬었다. 그는 멀어져 가는 모세의 등을 쫓던 눈을 돌려 가만히 자신의 손을 내려다보았다. 섬세한 장인의 손이라고 보기 어려울 만큼 지렁이 같은 힘줄이 휘감고 있는 검은 손이었다. 더구나 손가락도 몇 개 부족했다.

"오홀리압, 전에 내 손이 왜 이렇게 됐는지 궁금해했지?"

"예. 사부님이 일하시는 모습을 볼 때마다 너무 신기하거든요. 손이 많이 불편하실 텐데, 어떻게 그런 손으로 섬세하고 아름다운 작품들을 만들 수 있는지 모르겠어요."

"그래, 본래 내 손이 이렇지는 않았지. 한때 내 손도 열 개의 손가락을 모두 갖고 있던 적이 있었단다."

브살렐의 눈빛이 아득해졌다. 그의 눈앞에 작은 언덕에 올라 하늘을 올려다보는 작은 아이가 보였다. 아이는 햇살이 눈에 부신지 앙증맞은 손을 들어 눈앞을 가렸다. 희고 섬세한 손가락들이 교차하면서 그물

모양을 이뤘다. 손가락 그물코 사이로 이집트 태양의
햇살이 창처럼 찔러 들었다.

책 한 권을 읽을 때마다 삶의 한고비를 넘길 힘과 지혜를 얻게 된다_최승진

2. 고센의 고집 센 아이

"정말 네가 이걸 만들었다고?"

멤피스의 신전 공사에 끌려갔다 한 달 만에 돌아온 우리(Uri)의 얼굴에는 믿을 수 없다는 표정이 역력했다. 단단히 다져서 만든 마당에 놓인 물건은 어른이 누워도 될 만큼 컸다. 규모도 놀랍지만, 작은 각목과 널판들을 이어붙인 모양이 나름 정교해 보이기도 했다. 브살렐은 어른들이 이런 표정을 지을 때마다 항문 근처가 간질거렸다. 그다음 이어질 말은 분명 찬사와 비난 둘 중에 하나일 텐데, 과연 어떤 말이 이어질 것인가를 미리 알기란 거의 불가능했다.

"이야, 우리 아들 대단한데?"

브살렐은 아버지의 얼굴에 가득 퍼지는 미소를 보면서 비로소 참았던 숨을 내쉬었다. 그리고 붉게 상기된 얼굴로 쉴 새 없이 떠들어대기 시작했다.

"여기 보세요. 여기에다 진흙을 퍼 담으면 돼요. 그리고 여기에 짚단을 올리고요. 이렇게 손잡이를 돌려주면 짚단과 진흙이 뒤섞이면서 뭉쳐지죠. 그다음에는 뭉쳐진 덩어리를 여기에 이렇게 옮기고, 아, 목재만 더 있었으면 이 작업도 자동으로 할 수 있게 만들었을 텐데. 아무튼, 덩어리를 여기로 옮기고, 이번에는 이 손잡이를 돌려요. 보세요. 나무판들이 덩어리를 네모지게 눌러주죠? 짜잔! 이제 이 구멍으로 완성된 진흙벽돌이 나오는 거죠!"

브살렐의 혀가 자동기계보다 더 자동으로 돌아가는 것 같았다. 우리는 다시 한번 놀랐다. 처음에는 늘 그랬듯이 쓸데없는 장난감을 만든 줄 알았다. 창고에

남겨두고 간 목재를 얼마나 꺼내 썼을까 내심 걱정도
됐다. 그가 억지로 웃고 칭찬했던 것은 한 달 만에 만
나는 자식이었기 때문이었다.

"어디!"
　우리는 기계가 생산한 진흙벽돌을 들여다보았다.
모양은 나쁘지 않았다. 이 기계가 제대로 작동한다
면, 진흙벽돌을 대량생산할 수 있을 것 같았다. 그렇
게 되면 많은 여자들이 중노동에서 해방될 수도 있었
다. 우리는 갓 만들어진 진흙벽돌을 들어 올렸다. 그
리고 기대는 이내 실망으로 바뀌었다.

"너무 무르구나. 네 엄마가 이런 벽돌을 가져갔다
가는 이집트 감독에게 채찍질을 당하고 말 거다."
　우리는 말을 하고 나서야 '아차' 싶었지만, 이미 엎
질러진 물이었다. 기왕 말이 나왔으니, 조금 더 해도
괜찮겠다 싶었다. 어른의 문턱에 다다른 아이니 이해
하리라는 생각도 했다.

성서의 세계를 낮익은 삶의 자리로 순식간에 데려다주는 언어 연금술사

"얘야, 네가 만든 저 기계, 어, 그러니까 자동 벽돌 기계라고 해야 하나, 아무튼 저 기계는 시기상조구나."

"아뇨, 아버지. 개량할 수 있어요. 조금만 더 손을 보면, 그러니까 여기 물 투입구 하고, 그리고 여기 모양 틀을 나무 대신 무거운 돌로 바꾸고, 어, 그리고 그래! 여기 이 손잡이를 돌리는 것이 아니라 내리누르는 거로 바꾸면 단단한 벽돌을 찍어낼 수 있어요."

"브살렐, 네 기계는 정말 훌륭해. 조금만 손보면 대단한 물건이 될 게 틀림없어. 하지만 우리가 어떤 처지인지를 잘 헤아려야 한다. 이집트 사람들에게 새로운 기대감을 심어주지 말아야 해. 그들의 기대치가 높아질수록 우리가 겪어야 할 고통도 커지는 거야."

"저보고 적당히 하라는 말씀인가요?"

"아니, 우리 모두 적당히 해야 한다는 말이다. 저들이 원하는 만큼만, 딱 그만큼만 하는 거야. 저 기계가 벽돌생산을 대신하면, 그들이 네 엄마를 그냥 두겠니? 틀림없이 다른 중노동에 부려먹을 거다."

김요한 작가님이 『장인브살렐』과 함께 돌아왔네요.

"호호호, 유다 지파 최고의 장인이 하실 말씀은 아닌 것 같네요."

갑자기 들려오는 높은 음색의 웃음소리에 심각한 표정을 짓고 있던 우리의 입이 가득 벌어졌다. 그 입이 표현할 수 있는 최대치의 미소가 우리의 얼굴 전체를 주름으로 자글거리게 했다.

"오, 아히바! 이제 오는구려. 너무 보고 싶었소!"

아히바는 '후우' 큰 숨을 내쉬면서 등에 짊어지고 있던 광주리를 내려놓았다. 그녀의 이마에는 줄을 걸쳤던 흔적이 광주리의 무게만큼 벌겋게 새겨져 있었다. 우리는 달려가서 아히바를 얼싸안았다. 한 달 만이었는데, 그녀는 더 야위어 있었다.

"저기 아버지! 그래도 이 기계는 …."

"나중에, 나중에 이야기하자. 오늘은 우리 가족이 한 달 만에 다시 만난 날이잖니?"

브살렐의 말은 휘휘 내젓는 우리의 손짓을 따라 바

람결에 흩어졌다. 이집트의 메마른 바람이 단단하게
다져진 마당의 한 편에 작은 소용돌이를 만들며 먼지
를 피워 올렸다. 브살렐의 마음속에도 내뱉지 못한
말의 찌꺼기들이 소용돌이치는 감정을 따라 휘돌았
다. 그러나 입만 댓 발 나오게 할 뿐, 한 단어도 부풀
어 오른 입술의 문턱을 넘지 못했다.

'전 노예로 살지 않을래요. 전 이집트 최고의 장인
이 될 겁니다. 그래서 위대한 파라오 왕도 제발 자기
피라미드를 만들어 달라고 애원하는 그런 사람이 되
고야 말겠어요!'
   말이 되지 못한 단어들이 휘몰아치면서 브살렐의
마음에 바람의 흔적을 새겼다.

3. 아스완의 채석장

"왼쪽!"

휘익, 짝! 힘차게 휘둘러진 가죽채찍이 허공을 날카롭게 갈랐다.

"어영차!"

거대한 돌덩이의 왼쪽에 붙어 있던 사람들이 일제히 힘을 쏟아냈다. 거대한 돌덩이가 움찔하며 바닥에 깔아놓은 통나무들 위로 조금 걸쳐졌다.

"오른쪽!"

휘익, 짝!

"어영차!"

이번에는 돌덩이의 오른쪽에 붙어 있던 사람들이 일제히 힘을 쏟아냈다. 그러자 돌덩이가 통나무들 위로 완전히 올라섰다.

"좋아! 앞으로!"

휘익, 짝! 공기를 찢어발기는 채찍 소리가 하체만 겨우 가린 모습으로 돌덩이에 달라붙어 있는 사람들에게 쉴 틈을 주지 않았다.

"어기차, 어기차"

한 번 움직이기 시작한 돌덩이는 힘쓰는 사람들의 구령에 맞추어서 순조롭게 통나무들을 타고 앞으로 움직여갔다.

이레와 함께 이 책을 읽을 날을 꿈꾸며...

"어이쿠!"

사고는 갑작스러웠다. 오른쪽에서 힘쓰던 사람 중에 하나가 발을 헛디디면서 고꾸라졌고, 그편에 있던 사람들이 함께 뒤엉키면서 양편에서 돌덩이를 밀던 힘의 균형이 무너져 버렸다.

구그긍. 다행히 돌에 치인 사람은 없었으나, 거대한 돌덩이가 통나무 길을 완전히 벗어나 버렸다.

"네놈들이 지금 나를 물 먹이려고 작정했다 이거지? 좋다. 모두 한 줄로 서!"

돌덩이를 밀던 반 벌거숭이 사람들이 비칠비칠 줄을 맞춰 섰다. 그러자 감독하던 사내는 채찍 대신 허리춤에 차고 있던 짧은 곤봉을 꺼냈다. 곤봉이 사정없이 사람들의 등판으로 떨어졌다.

퍽! 으윽. 퍽! 으윽. 퍽! 으윽. 비슷한 소리가 잠시 이어졌다. 그러다 곤봉이 한 사람 앞에서 떠날 줄을

혈몰산은 2700미터의 눈이 잘 녹지 않은 산인데,

몰랐다. 아까 발을 헛디뎠던 사람이었다. 한 사람에 한 대씩 공평하게 주어지던 곤봉이 이 사람에게는 머리, 어깨 가릴 것 없이 마구 내리꽂혔다.

퍽! 퍽! 퍽! 더 이상 신음소리도 없었다. 바닥에 주저앉다 못해 아예 널브러진 사람 위로 곤봉이 계속 떨어져 내렸다.

턱! 끝없이 이어질 것 같던 곤봉질이 둔탁한 소리와 함께 공중에서 멈췄다. 사내는 땀에 젖은 머리카락이 얼굴에 가득 붙어서 시야를 가리자, 반대쪽 손으로 머리카락들을 쓸어냈다. 그의 핏발 선 눈에 비쳐든 사람은 벌거벗은 노예들 중에 하나였다.

"여호수아, 너로구나!"

여호수아라고 불린 사람이 곤봉의 머리를 움켜쥔 채 버티고 섰다. 사내가 곤봉을 빼내려고 애를 썼지만, 여호수아의 손아귀에 잡힌 곤봉은 돌 틈에 박힌 나무뿌리처럼 꿈쩍도 하지 않았다.

혈몬산의 차가운 물이, 미지근한 바닷물과 만나면 광풍이 일어납니다.

"이제 그만하십시오. 그러다 동족을 죽이겠습니다!"

"동족이라고? 내 얼굴을 똑똑히 봐라. 너희 히브리인의 지저분한 수염 따위가 한 올이라도 보이느냐? 난 이 얼굴을 유지하기 위해 매일 아침 면도를 하고 화장을 한다."

"당신은 나와 같은 에브라임 지파입니다. 나의 아버지 눈(Nun)이 당신 아버지이기도 합니다. 얼굴에 수염을 깎고 눈가에 검은 줄을 그었다고 해도, 당신은 여전히 이 여호수아의 형님이십니다."

사내의 몸이 부르르 떨렸다. 사내는 발악하듯 곤봉을 잡아당기다 이내 포기하고 손을 놓았다. 사내가 비실비실 물러나자 멀찍이서 지켜보던 이집트 감시병 둘이 다가왔다.

"감독관님, 무슨 일입니까?"
"이놈이 감독관님에게 무례를 범했습니까?"
그들은 사내를 감독관이라고 불렀으나 말의 내용과

달리 건들대는 말투에는 존경의 빛이 조금도 들어있지 않았다. 오히려 감독관을 바라보는 그들의 눈에는 경멸과 놀림의 감정이 뚜렷이 드러났다. 곤봉으로 등판을 가격당했을 때도 변하지 않던 여호수아의 얼굴이 아프게 일그러졌다.

"형님!"
"이놈! 그 입 닥쳐라! 자네들 마침 잘 왔네. 이 비천한 히브리 놈을 감옥으로 데려가게. 내가 직접 조사할 일들이 있으니 이놈을 잘 간수해 두길 바라네."
사내는 다급하게 여호수아의 입을 막았다. 그리고 허리춤에서 작은 금 조각을 꺼내서 이집트 감시병들에게 건넸다.

"헤헤. 감독관님, 매번 고맙습니다."
"오히려 내가 고맙네. 자네들이 지켜주니 내가 이런 험한 놈들 속에서도 안심하고 일하는 것 아니겠나!"

은혜의 광풍 속으로 들어가길 바랍니다_친구 상현

여호수아를 앞세운 이집트 병사들이 채석장 모퉁이를 돌며 사라질 때까지 입을 여는 사람이 아무도 없었다. 사내는 아직도 무릎을 꿇고 한 줄로 늘어서 있는 사람들을 보았다. 그들의 등판에는 자신이 새겨놓은 붉은 곤봉 자국이 선명하게 찍혀 있었다.

"잠시 쉬었다가 하자. 그래, 조금만 더 쉬었다가 하자."

사내가 중얼거렸다. 사내의 검게 화장한 눈꼬리에서 흘러내린 검은 물이 수염 없는 매끈한 턱을 타고 바닥에 떨어졌다. 사막의 뜨겁고 건조한 바람이 사내와 반 벌거숭이들 사이로 채석장 돌가루를 쓸며 지나갔다.

4. 단발머리는 싫어

"또 사고를 치셨더군."

브살렐이 감옥 앞에 털썩 앉으면서 중얼거렸다. 감옥이라고 해봐야 채석장 구석에 작은 굴이었다. 감옥 창살로 박아 놓은 통나무들이 입구를 막고 있지 않았더라면, 영락없는 여우들의 보금자리였다.

"이렇게 와도 돼? 경비병이 오면 어떻게 하려고?"

"이 밤에 여길 누가 오겠어? 그렇게 경비병을 무서워하는 놈이 사고를 쳤냐?"

"후, 그땐 나도 어쩔 수 없었다."

"알아. 네놈 형이 날 여기로 보냈으니까. 이걸 전해
주란다."

브살렐이 좁은 틈으로 밀어 넣은 보퉁이에는 빵과
물주머니가 들어 있었다. 아침부터 아무것도 먹지 못
했던 여호수아는 내용물을 보자마자 허겁지겁 입으
로 밀어 넣었다.

"내일 첫 배가 뜬대."

무심히 툭 던져진 브살렐의 말에 부지런히 입으로
가져가던 여호수아의 손길이 느려졌다.

"아직 돌을 다 싣지 못했을 텐데?"

"파라오의 독촉이 심한가 봐. 우선 한 척이라도 보
내려는 거지 뭐."

"제길, 너마저 없으면 난 아예 죽으라는 소리구나."

이번에는 돌 틈에 핀 작은 풀잎을 어루만지던 브살
렐의 손길이 느려졌다.

보고 전하는 모세, 듣고 만드는 브살렐...,

"어떻게 알았어?"

"그냥 알았다. 이 자식, 기회만 되면 떠나겠다고 노래를 부르더니 기어코 먼저 가는구나. 그래, 그 기회를 어떻게 잡았는지 이 형님에게 이실직고해 봐."

"네 형이 소개장을 써줬어. 멤피스에 있는 프타신전에 아는 사람이 있다더라."

"말도 안 돼! 너도 우리 형처럼 단발머리에 눈 화장을 하겠다는 거냐? 우리 에브라임 지파야 1대조이신 요셉 조상님부터 눈 화장을 했으니 할 말 없다만, 너희 유다 지파에서는 난리 날걸? 그래, 너희 아버지도 아시냐?"

브살렐은 여호수아의 말에 피식 웃었다. 떠나는 친구를 걱정해준답시고 자기 조상님까지 팔아먹는 사람이 바로 여호수아였다. 평소라면, 히브리인의 전통을 소중히 여기는 여호수아에게 있을 수가 없는 일이었다.

"단발머리는 안 해도 될 거야. 신전에서 일하게 되

면 삭발을 해야 하거든."

"차라리 삭발이 낫지. 단발머리는 진짜 아니라고 본다."

"넌 언제 떠날 거야?"

"일단 이 채석장부터 벗어난 후에. 괜히 서둘다가 도망자 낙인이 찍히면 용병이고 뭐고 불가능할 테니까."

"정말 용병부대에 지원할 거야? 북부 지방의 반란으로 많은 용병이 죽었다던데?"

"이집트에서 나의 이 고상한 머리와 수염을 유지하려면, 용병이 되는 길밖에 없다. 용병은 자기 부족의 전통을 인정해 주니까."

"킬킬, 결국 끝까지 머리 이야기네? 그 머리 모양을 유지하겠다고 용병이 되겠다는 놈은 이 세상에 너 하나일 거야."

"아니, 수염은 왜 빼? 머리보다 더 중요한 것이 수염이라고."

"하하하, 아직 제대로 나지도 않은 수염을 걱정하

"정말 멋진 '우리의 기념품'입니다!"라고 말하고 있는는 거야? 계속 그 모양이면 어떡할 건데?"

그들은 감옥 창살에 서로 기댄 채 웃고 떠들며 밤을 지새웠다. 하지만 거대한 돌덩이에 눌린 것처럼 마음이 편치 않았다. 남의 나라에 종살이로 빌붙어 사는 히브리 젊은이들이 꿈꿀 수 있는 미래란, 겨우 신전의 심부름꾼이나 대리전쟁에 내몰리는 용병 정도가 고작이었다. 그리고 그것마저도 되기 어려웠고, 되도 과연 축하할 일인지 의심스러웠다. 그래서 그들도 끝끝내 서로의 꿈을 이루라고 기원하지 못한 채, 아침을 맞았다.

"브살렐, 엘 샤다이께서 널 지켜주시길!"

"글쎄, 프타신전에서도 엘 샤다이께서 힘을 쓰실 수 있는지는 잘 모르겠어. 멤피스에는 워낙 센 신들이 몰려 있어서."

"뭐야? 그래서 너는 우리 조상의 하나님이 이집트 신들보다 못하다는 거야?"

"나보다 너에게 신의 가호가 더 필요하겠지. 넌 앞

으로 전쟁터에서 지내게 될 테니까. 엘 샤다이께서
널 지켜주시길 진심으로 빈다."

"하하하, 히브리인의 하나님은 전투에 능하신 전쟁
신이시다. 봐라. 저 산등성이를 붉게 물들이며 우리
하나님이 오시는구나! 우리 엘 샤다이께서 저 붉은
발바닥으로 이집트 온 땅을 지르밟으셨구나! 으하하
하!"

여호수아가 벌떡 일어나서 소리를 지르자, 브살렐
은 채석장을 둘러싸고 있는 돌산들을 올려다보았다.
아직 해는 보이지 않았지만, 붉게 타오르는 기운이
넘실거리며 돌산의 산봉우리들을 타넘고 있었다.

"으그그그! 밤새 웅크리고 있었더니 몸이 펴지질
않네. 야! 나, 간다. 언제가 될지 모르겠지만, 나중에
또 보자."

브살렐은 멤피스로 가는 첫 배를 타기 위해 여우 굴
보다 못한 작은 구멍에 친구를 남겨둔 채 엉덩이를
털고 일어났다. 산을 내려가는 그의 등 뒤로 지독히

알쏠신잡(알아두면 쓸데 있는 신비한 잡학 지식)인 장인 브살렐을

도 단발머리를 싫어하던 친구의 커다란 웃음소리가
계속 들렸다.

누구는 그렇게 큰 웃음으로 친구를 배웅했고, 누구
는 그렇게 흐르는 눈물을 감추느라 한 번도 뒤돌아보
지 못한 채 종종걸음을 쳤다.

집필한 저자가 친구인 것이 자랑스럽다_김학균

5. 멤피스의 프타신전

"늦었군요!"

"죄송합니다. 작은 사고가 있어서 한 사람의 물건이 상했습니다."

작은 창문 하나도 보이지 않는 사각형의 방이었다. 모든 벽면에는 그림 같기도 하고 조각 같기도 한 기이한 그림들이 가득했다. 신비롭고 두려운 곳이었다. 등잔에 무슨 기름을 사용했는지는 몰라도 불붙은 심지에서 흰 연기를 피워 올릴 때마다 달콤한 향기가 났다. 그러나 새롭게 신전 일꾼의 우두머리가 된 마

김 작가님, 저번 소설도 너무 재미있게 잘 읽었네.

둔은 이게 무슨 향기인지 알고 싶지도 않았다. 그의 머릿속에는 얼른 일을 끝내고 이 자리를 벗어나고 싶다는 생각만 가득했다.

"킬킬, 난 누구 것이 깨졌는지 안 봐도 알겠군."
"감히 어린 것들이 심사를 받기도 전에 사고를 치다니!"
"흥, 아무 증거도 없을 테니 헛수고하지 마시게."
희뿌연 공기를 뚫고 울리는 말소리가 한 사람의 혼잣말 같기도 하고, 여러 사람의 대화 같기도 했다. 한차례 몸을 부르르 떤 마둔은 재빨리 자기 뒤에 있던 사람들에게 손짓했다. 하체만 흰 천으로 두른 건장한 남자들이 둘씩 맞잡고 있던 커다란 상자들을 방의 중앙에 내려놓았다. 상자가 제법 무거웠던지 그들의 벌거벗은 상체가 땀으로 번들거렸다. 마지막 상자가 바닥에 놓이자, 마둔은 두 팔을 가슴에 교차시키고 머리를 깊숙이 숙였다. 그리고는 들어올 때보다 배나 빠른 걸음으로 물러났다.

"나쁘지 않군. 하지만 기술이 부족해."

"기교야 가르치면 돼. 하지만 이런 재능은 타고나는 거라서 가르칠 수 없어."

"정말 안타까워. 프타님의 은총을 받은 자가 누비아 꼬마라니."

분명 목소리는 여러 명이 대화하는 것처럼 들렸지만, 이 방에 있는 사람이라고는, 유약을 발라 구운 도자기처럼 매끈한 민머리에, 목부터 발목까지 흰 천을 감싸고 있는 노인 한 명이 전부였다. 기이하게도 그 한 명이 여러 개의 거울 앞에서 거울에 비친 자기의 여러 모습과 대화를 나누고 있었다.

"진중한 하마디에게 상감기술을 전하겠다."

"힘이 센 우파에게 판금기술을 전하겠다."

"킬킬, 약삭빠른 세베크는 유리장인이다."

"잠깐, 세베크라고? 그 아이는 부모조차 잡아먹을 놈이야."

"헤헤, 누가 누구를 잡아먹을지 지켜보는 것도 재

미있겠군."

"화려한 것을 좋아하는 베스에게는 보석세공을 맡기자."

"그 검은 아이는 어떻게 할까? 타고난 재주가 너무 아까운데."

"모자란 재주는 기교로 덮을 수 있지만, 타고난 혈통은 그 무엇으로도 바꿀 수 없어."

네쌍둥이 같은 거울들 주변에는 이미 심사를 마친 다양한 물건들이 널려 있었다. 사람과 동물의 모습을 정교하게 새긴 조각상이 바닥을 뒹굴고 있었고, 반짝반짝 빛을 반사하면서 사람의 시선을 잡아끄는 세공품들도 쓰레기처럼 버려져 있었다.

"그럼 이 누비아 꼬마는 어떻게 할까?"

"버리자."

"킬킬, 죽일까?"

"아냐, 마지막까지 이용하자. 아깝잖아."

"맞아. 내가 무덤에 들어갈 때 함께 묻힐 놈이 되게

하자."

"좋아. 그는 더 이상 장인이 아니다."

"그는 신전의 청소부다."

"만약 그가 장인의 방에 들어가면?"

"킬킬, 그의 손을 프타님에게 제물로 바쳐야겠지."

거대한 청동거울에 민머리를 맞대고 중얼거리는 그의 머리 위로 풍뎅이 한 마리가 날고 있었다. 창문도 없는데 어디로 들어왔는지 모를 커다란 풍뎅이이었다. 내려앉을 곳이 없는 곤충이 쉴 새 없이 날갯짓을 하자, 허연 민머리 위로 검은 그림자가 이리저리 옮겨 다녔다.

6. 요청받은 하인

"으흐흐, 추워."

"이렇게 깊숙한 곳까지는 처음이지? 곧 적응할 거
야."

길 안내를 하던 상급자 카유가 안됐다는 듯이 말
을 건넸다. 브살렐은 낯설어진 민머리를 쓱쓱 문질렀
다. 머리를 깎은 다음부터 새로 생긴 습관이었다. 햇
빛 한 줌 들어오지 않는 실내는 계절과 상관없이 항
상 추웠다. 어두컴컴한 복도를 지나면 새로운 복도가
나타났고 그때마다 어김없이 부릅뜬 눈이 그려져 있

독일은 장인(마이스터)의 나라다.

었다. 브살렐은 검은 눈꼬리를 길게 내뻗은 그림들이 늙은 감독관의 눈빛을 많이 닮았다고 생각했다. 그것은 불신과 감시의 눈초리였다.

***

"이제 새로운 일을 주겠다."
마둔은 지팡이에 의지해서 간신히 서 있었다. 브살렐은 가늘게 떨리는 노인의 말을 알아듣기 위해 고개를 살짝 들었다.

"너를 이것저것 시켜보면서 지켜보니, 제법 눈치가 있고 성실하더구나. 그래서 너를 신관님들에게 보내기로 했다. 미천한 히브리 출신이 위대한 프타신전의 신관님들을 모시게 되었으니, 최선을 다해야 할 것이다."

마침 그도 신전 정원에 물을 퍼 나르는 중노동에서

제빵 마이스터, 피아노 마이스터, 시장도 뷔르거 마이스터라 한다.

벗어날 수만 있다면 뭐든 괜찮다고 생각하고 있던 참이었다. 그런데 이집트 최고의 장인 집단이라는 프타의 신관들 곁으로 보내진다니, 이건 기대했던 것보다 더 좋은 일이었다. 간밤에 조상의 신인 엘 샤다이께 기도했던 것이 효과가 있었던 것이다.

"네, 감사합니다. 열심히 하겠습니다."

"홀홀, 감사할 것까지는 없다. 신관님들께 누가 되지 않게 열심히 해라."

노인이 비릿하게 웃자, 그의 검게 칠한 눈꼬리가 깊은 주름들 사이에서 비뚤비뚤 일그러졌다.

***

"다 왔다!"

카유의 말에, 브살렐은 머리를 흔들며 마둔에 대한 생각을 털어냈다. 브살렐의 눈앞에 광장이라고 불러도 손색이 없을 정도로 넓은 공간이 펼쳐져 있었다. 그러나 이곳도 햇빛 한 줌 들지 않았다. 대신 어른 두

우리 땅에도 장인이 많았으면 한다_장인의 땅에 사는 김태준

명이 끌어안아도 감싸 안지 못할 정도의 거대한 화로가 네 귀퉁이에 놓여 있고, 화로에서 타오르는 불길이 실내를 은은하게 밝혀주었다.

"어휴, 여기까지 어떻게 왔는지 전혀 모르겠어요. 혼자서는 돌아갈 수도 없겠네요."

"몰라도 돼. 앞으로 이곳에서 쭉 생활하게 될 거니까."

"예에? 여긴 아무것도 없는데요?"

"여긴 신관님들이 머무시는 곳의 입구야. 이 방 너머에 그분들의 거처가 있는데, 그곳에는 너처럼 선택받은 사람들만 들어갈 수 있어."

브살렐은 자기가 무엇에 선택된 것인지는 몰라도 좋은 일은 아닐 거라고 짐작했다. 자기를 바라보는 카유의 눈빛이 아침에 봤던 마둔의 눈빛과는 많이 달랐다. '저런 것을 연민의 눈빛이라고 해야 하나?' 브살렐은 다시 머리를 흔들었다. 어차피 이집트 땅에서 히브리 사람을 환영하는 곳이 있을 리가 없었다.

"웬 놈들이냐?"

하나님이 '장인 브살렐'과 함께 만들어 가시는 '하나님의 집',

"저희는 마둔 님의 명으로, 어이쿠!"

방 건너편에서 소리가 들리자, 카유는 급하게 두 손을 모으며 자세를 낮췄다. 브살렐도 허둥지둥 따라했지만, 이미 적절한 시간을 놓친 그의 몸짓은 안 하느니만 못하게 됐다. 중심을 잃고 비틀대다가 애꿎은 옆 사람을 붙잡아서, 그를 코가 깨지는 불행으로 몰아넣은 것이다.

"호호호."

"무엄하다! 여기가 어딘 줄 알고!"

여자의 맑은 웃음소리와 돌바닥에 떨어진 쇳조각처럼 날카로운 소리를 내는 남자의 호통 소리가 동시에 울리면서 어두컴컴한 공간을 가득 채웠다. 브살렐은 이 와중에도 여자의 웃음소리가 가르릉 거리는 고양이 소리를 닮았다고 생각했다. 어쩌면 여기까지 오면서 벽에 그려져 있는 이상한 그림들을 너무 많이 봐서 그런지도 몰랐다.

곧 하나님과 인간, 인간과 인간 사이에 이루어지는 참된 사귐과 공존과

"크흡, 죄송합니다. 저희는 마둔 님의 명으로 왔습니다."

카유는 코인지 피인지 모를 것을 들이마시면서 용건을 밝혔다. 다시 볼 일이 뭐가 있다고, 잠시 덜떨어진 신참에게 연민을 느꼈던 자신이 한심스러웠다. 아무튼, 당장의 위기를 벗어나는 것이 급했다.

"요청하신 하인을, 어이쿠!"
"조용히 해!"
"고개를 들지 마라!"

우악스러운 손길들이 두 젊은이의 머리를 내리눌렀다. 덕분에 카유의 코가 더 부풀었다. 기분이 상한 브살렐은 손을 뿌리치고 일어나려고 했다. 그러나 목덜미에 차가운 금속이 닿자, 그냥 이대로 있는 것도 나쁘지 않겠다는 생각이 들었다.

"바스테트 공주님의 호위병들은 정말 빠르군요."
"호호호, 그런가요? 궁에 들어가면 아버지께 감사

드려야겠어요."

"테베로는 언제 돌아가십니까?"

"물품 선적이 끝나면 곧바로 출발해야지요. 나일 강물이 줄어들기 전에 돌아가야 하니까요."

"저런, 공주님의 말씀을 들으니 저희 사제들이 게으름을 피울 수 없겠군요. 왕실의 물건을 대충 만들수는 없고, 시간은 부족하고, 할 수 없이 잠을 줄여야 할까요?"

"그래 주시면, 저야 더할 나위 없이 고맙지요. 신관들께서 왕실을 위해 수고를 마다하지 않으시니, 파라오께서도 기뻐하실 것입니다."

"하하하, 파라오께서 바스테트 공주님을 총애하는 이유를 알겠군요. 꼼짝없이 저희 사제들이 날밤을 새우는 것으로 하겠습니다."

그들은 이 지하광장에 둘만 있는 것처럼 이야기를 나눴다.

그리고 공주라던 여자 즉, 브살렐이 고양이라고 상상했던 여자가 호위병들과 함께 사라졌다.

"마둔이 보냈다고?"

"크흡, 크릅. 그렇습니다. 요청하셨던 하인입니다."

"우리 넷 중에 누가 요구했을까? 하긴 사람이 더 필요하긴 했어."

그래서 브살렐은 쇠를 긁는 것 같은 목소리를 가진 남자를 따라 특별한 사람들만 머문다는 곳으로 넘어갔다. 카유는 평소 마둔이 하던 것을 눈여겨본 대로 가슴에 손을 교차시키고 허리를 깊숙이 숙였다. 아까와 달리 자세가 제법 그럴듯했지만, 걸쭉하게 늘어진 핏덩이가 코끝에서 달랑거리는 것은 그도 어쩔 수 없었다.

7. 노력할 대상

"야! 내 작업실 청소해 놨어?"

"예, 베스 부제님. 금방 하겠습니다."

"야! 내가 달라고 했던 것 다 가져다 놨지?"

"예, 우파 부제님. 여기 가져가고 있습니다."

"야! 마침 잘 만났다. 나 지금 아주 급한데, 창고에서 공작석 좀 찾아와라."

"저, 하마디 부제님. 죄송하지만 지금 우파 님께서 요청하신 것을 나르는 중이라 …"

"뭐야, 못하겠다는 거야? 어? 손에 공작석 들고 있

네! 잘됐어. 내가 가져갈게."

"어? 그건 우파 님께 가져다 드려야 하는데?"

브살렐은 정신이 하나도 없었다. 이곳에 특별한 사람들만 있다더니, 정말 그랬다. 어떻게 된 곳인지, 이곳의 사람들은 다들 생김새가 엇비슷했다. 모두 머리를 박박 민 대머리였다. 게다가 얼마나 오랫동안 햇빛을 보지 않았는지 몰라도, 피부가 창백하다 못해 투명했다. 그런 몸에, 속이 훤히 비치는 흰 천을 둘둘 말고 다니는 것까지 똑같으니, 정말 개성이라고는 눈곱만큼도 없는 사람들이었다. 그런데도 브살렐은 자기에게 심부름을 시키는 사람들을 용케 구분해 냈다. 지난 수개월 동안 혹독한 대가를 치르며 얻어낸 성과였다.

"후, 드디어 쉴 시간이다!"

"이제 오나? 여기 탁자에 빵과 물이 있으니, 좀 먹게."

브살렐은 성경에 나온 둘도 없는 장인이죠!

"신참, 오늘은 늦었네?"

브살렐이 하인들의 숙소에 들어서자, 다양한 연령대의 사람들이 그를 맞았다.

"하마디 님 덕분에 창고를 한 번 더 갔다 와야 했거든요."

"정말 대단해. 난 아직도 누가 누군지 헷갈릴 때가 많은데. 도대체 요령이 뭐야?"

"사실 별거 없어요. 겉보기가 비슷해도 결국 다른 사람들이니까."

"글쎄, 그러니까 그걸 어떻게 알아보냐고?"

"보지 않는 것!"

"뭐라고?"

"전 그분들을 쳐다보지 않는다고요."

사실이었다. 브살렐은 신관들의 작업실에 가면, 일부러 고개를 숙이고 다녔다. 그러면 누군가가 그를 '야'라고 불렀다. 그들 입장에서도 모든 하인이 비슷비슷해 보일 것이고, 혹시 눈에 익은 하인이 있다고

아마 예수님도 나무를 다루면서 그를 꿈꾸었을 것입니다.

해도, 그 하인의 이름을 알 리가 없기 때문이었다. 확실히 목소리는 외모보다 개성이 뚜렷했다. 같은 '야'라도 서로 달랐다. 목소리와 이름을 일치시키고 나니, 그들을 구분하는 일이 점점 더 쉬워졌다. 이제는 어두운 통로에서 그들 전부를 마주치더라도, 한눈에 누가 누구인지 알아볼 정도였다.

"참나, 도대체 뭔 소린지."
"지금 오세요? 수고하셨습니다."

동료들이 고개를 갸우뚱거리든 말든, 브살렐은 지금 막 숙소로 들어오는 사람을 반갑게 맞았다. 브살렐의 인사를 받으며 숙소로 들어온 사내는 말없이 방 구석으로 가서 자리를 잡았다. 그가 등잔불도 미치지 못하는 그늘진 구석에 자리를 잡자 이내 그의 모습이 흐릿해졌다.

"여기 어르신을 위한 빵과 물입니다."
"고맙다."

굵고 낮다 못해 땅속에서 울렸다고 해도 믿을 정도
로 울림이 있는 목소리였다. 브살렐은 빙긋 웃었다.
드디어 그의 목소리를 들은 것이다. 이런저런 방법으
로 살갑게 대한지 보름 만이었다.

"브살렐입니다."

숯덩이처럼 검은 사내의 입은 다시 열리지 않았지
만, 상관없었다. 검은 얼굴이라 더욱 희게 빛나는 그
의 눈빛이 위아래로 살짝 흔들리는 것을 보았기 때문
이었다. 그것은 빵을 먹기 위해 고개를 숙이는 것과
는 확실히 달랐다. 검은 사내는 이곳의 누구와도 어
울리지 않았다. 그는 맹목적 복종만 강요받는 신전
노예들 속에서 자기만의 세계를 구축한 특별한 존재
였다. 지금까지 브살렐은 그와 친구가 되는 것을 목
표로 삼고 노력해왔다. 꼭 그래야만 하는 이유가 있
는 것은 아니었다. 뭔가 노력할 대상이 필요했을 뿐
이었다. 아니, 그것은 매우 특별하고 고상한 노력이
었다. 바로 자신이 자유의지를 가진 인간이라는 것을
잊지 않기 위한 노력이었다.

제가 하는 일에 장인을 꿈꾸어 보게 됩니다_고전

8. 바스테트 공주

"야!"

앙칼진 여자의 목소리가 통로를 바쁘게 빠져나가던 브살렐을 멈춰 세웠다.

"신관들이 다 어디로 간 거야?"

"바스테트 공주님께 창조의 지혜가 깃들기를 바랍니다. 부제님들은 대신관님께 위대하신 창조신 프타님의 비밀을 배우고 계십니다."

"흥. 그럼 사흘 동안 코빼기도 못 본다는 소리잖아.

이거 정말 곤란한데?"

브살렐은 무릎을 꿇고 고개를 푹 숙인 채, 이 성질 머리 고약한 공주가 자신을 내쫓기 위해 얼른 손을 내저어주기만을 기다렸다. 모처럼 신관들이 죄다 사라져서 휴일이 시작됐으니 일분일초가 아까웠다. 검은 사내는 아무것도 소유할 수 없다면, 소유하는 대신 자신을 위해 사용하면 된다고 했다. 지금은 시간이 그랬다. 오직 자신만을 위해서 사흘이나 되는 시간을 쓸 수 있었다.

"너는 황금팔찌에 보석을 물릴 줄 아느냐?"
"예? 아야!"
브살렐이 고개를 쳐들자 공주의 호위병 중에 하나가 재빨리 그의 머리를 밟았다.

"멍청아! 그러면 저자가 내 질문에 답을 할 수가 없지 않으냐?"
"죄송합니다. 이놈이 공주님께 무례를 …"

"흥! 물러나라."

브살렐은 호위병이 밟은 뒷머리와 바닥에 찧은 이마 중에 어느 쪽이 더 아픈지를 생각하면서 천천히 일어났다.

"이전에 네가 작업실에서 보조하던 것을 보았다. 내가 급해서 그러는데, 이 팔찌의 장식을 고칠 수 있겠느냐?"

"예, 공주님. 마침 공구가 있으니, 바로 고쳐드리겠습니다."

평소의 그라면, 절대 하지 않을 행동이었다. 사제들이 알면 그의 손목을 자르려고 달려들 수도 있었다. 그것이 신의 비밀을 훔쳐 배운 자에 대한 벌이었다. 하지만 그는 지금 모처럼의 휴일로 잔뜩 흥분한 상태였다. 그는 자기 시간을 갉아먹고 있는 한심한 공주를 떼어낼 수만 있다면, 더 큰일도 할 생각이었다.

"호, 보석이 제법 단단하게 물렸네? 네 솜씨가 부제

62

들보다 나은 것 같아. 넌 또 뭘 할 수 있지? 혹시 황
금판에 유리도 붙일 수 있어?"

"공주님이 황금풍뎅이를 가져오셔도, 제가 고칠 수
있습니다."

"뭐라고? 호위병들은 저놈을 제압해라!"

"예? 아야!"

브살렐은 다시 호위병에게 뒷머리를 밟힌 채 바닥
에 이마를 찧어야 했다. 이번에는 어느 쪽이 더 아픈
지 생각할 필요가 없었다. 머리통 전체가 깨져나갈
듯이 아팠다. 그 와중에도 이 상황이 뭔가 익숙하다
는 생각이 들었지만, 그게 뭔지는 기억이 나지 않았
다.

***

"에취!"

같은 시간, 카유는 정원에서 나무를 갉아대는 벌레
를 잡다 말고 크게 재채기를 했다. 재채기만 하면, 코

끝이 찡한 게 영 기분이 좋지 않았다. 신참을 신관들의 하인으로 넘겨주고 온 일이 자꾸 생각나는 탓이었다. '벌써 삼 년이 넘었군. 대신관님의 건강이 계속 나빠진다니, 걱정이야. 그놈, 아직 한창나이인데 순장(殉葬)이라니, 불쌍해.' 카유는 허리를 펴고 하늘의 태양을 우러러보았다. '생명의 주관자이신 라이시여, 그 어린놈을 보살펴 주소서.' 에취! 다시 코끝이 찡해졌고, 이번에는 눈에 눈물까지 핑 돌았다.

9. 이불 속의 전갈

"그만!"

호위병들의 매질이 멈추자, 검붉은 액체가 상아 의자의 다리를 분홍색으로 물들이며 흘러내렸다. 브살렐이 묶여있는 방은 아름다운 방이었다. 화려한 색으로 칠해진 거대한 벽화가 벽면들을 장식하고 있었고, 상아에 금박을 입혀 만든 가구들이 가득했다. 단단한 바닥만은 예외였는데, 이제 그곳에도 한 젊은이의 몸에서 흘러나온 피로 인해, 검붉은 색의 그림이 수놓아졌다.

눈물을 흘리며 씨를 뿌리는 사람은 기쁨으로 거둔다_이영숙

"누구냐?"

"으윽, 제 이름은 브살렐입니다. 고향은 고센이고, 위대한 신인(神人)이신 파라오의 종의 종이며, 가장 미천한 히브리 사람입니다."

"이놈! 벌써 같은 말을 몇 번이나 하는 거야? 널 나에게 보낸 놈이 누구냐고?"

"공주님, 제발 무슨 말씀인지를 알아듣게 해 주십시오. 그러면 제가 아는 것을 다 말씀드리겠습니다."

브살렐은 맞아 죽기 전에 답답해서 먼저 죽을 것 같았다. 프타신전에서 생산되는 공예품은 전량 왕실로 들어간다. 공주가 진상품의 책임자로 테베와 멤피스를 왕래한 것이 여러 해였으니, 신전 사람들치고 공주를 모르는 사람은 아무도 없었다. 그러나 그들은 모두 공주의 예쁜 모습에 속고 있었다. '이불 속의 전갈도 이 여자보다는 덜 무서울 거야.' 뭐든 배우고 깨닫는 것을 즐기는 브살렐이었지만, 이번만큼은 새롭게 알게 된 사실이 조금도 기쁘지 않았다.

"이제야 사실대로 말할 생각이 들었느냐? 흥, 목숨

내 은혜가 네게 족하다.

이 아까운 줄은 아는 놈이구나."

"예, 예. 묻기만 하십시오. 다 말씀드리겠습니다."

"첫째, 널 내전의 하인으로 심은 놈이 누구냐? 둘째, 내가 오늘 여기에 온다는 것을 누가 알려줬느냐? 셋째, 황금풍뎅이를 미끼로 나에게 접근하라고 시킨 놈이 누구냐? 흥, 결국 모두 한 놈의 짓이겠지? 어떠냐? 뜨끔하지? 네놈이 날 우습게 알고 접근한 것부터가 잘못이었던 게야. 호호호! 자, 이제 그놈의 이름을 내게 말하라!"

브살렐은 정신이 바짝 들었다. 정말 큰일이 난 것이다. 공주는 그가 전혀 알지 못하는 일에 대해서 대답하기를 강요하고 있었다. 그 일이 무엇인지는 모르겠으나, 제대로 답을 하지 못하면 당장 여기서 죽는다는 것을 깨달았다. '절대 공주의 표정 변화보다 말이 앞서지 않아야 한다.' 그는 스스로 다짐을 해가며 조심스럽게 단어를 골랐다.

"저같이 미천한 놈이 지체 높으신 공주님의 출입을

어떻게 알겠습니까? 그저 우연한 만남일 뿐입니다. 황금풍뎅이도 그렇습니다. 제가 신관님들의 작업을 보조하다 보니, 공주님이 황금풍뎅이의 수리를 의뢰하신 것을 우연히 알게 됐습니다."

"흥, 좀 더 그럴듯한 변명은 없어? 우연에 우연이 겹치면 필연이 되는 거야."

브살렐은 공주의 단호한 표정을 보면서 속으로 작은 한숨을 내쉬었다. 저렇게 자기가 똑똑하다고 믿는 사람에게 합리적인 설명이 통할 리가 없었다. 공주가 자신을 자랑스러워할 만한 것을 만들어서라도 줘야 했다. 다행히 세 가지 질문 중에 한 가지는 아직 대답하지 않았다. 어떻게든 그 한 가지를 통해 살아날 방법을 찾아야 했다.

"정말 그 사람의 이름만 대면 살려주시겠습니까?"

"내 아버지의 수호자이신 아문-라님의 이름을 걸고 맹세한다!"

"공주님의 맹세를 믿고 말씀드리겠습니다. 저를 이

곳으로 보낸 사람은 마둔입니다."

"마둔? 신전의 관리자인 그 사람이 왜? 그렇군. 그놈은 틀림없이 메르넵타 왕자의 심복일 것이야. 메르넵타! 내가 반드시 황금풍뎅이를 되살려서 너의 코를 납작하게 만들어 주겠다!"

브살렐은 공주가 마둔을 메르넵타 왕자의 부하라고 말하자 정말 그럴 수도 있겠다는 생각이 들었다. 하지만, 정작 자기 자신은 메르넵타 왕자에 대해서 아는 것이 하나도 없었다. 그는 공주가 왕자에 대한 것을 묻기 전에, 얼른 화제를 돌렸다.

"저, 공주님."

"흥! 살려 줄 터이니 걱정 마라. 난 파라오의 딸이다. 약속은 반드시 지킨다."

"그게 아니오라 …. 황금풍뎅이는 언제 작업하면 됩니까?"

"그렇지. 황금풍뎅이! 응? 정말 네놈이 그걸 고칠 수 있다고? 나를 꾀려는 거짓부렁인 줄 알았는데?"

우성아~중학 3학년, 네가 원하는 그림으로 채워나가렴~~~

공주는 재빨리 주변을 살폈다. 사제들이 공주에게 내준 특별한 방이었다. 당연히 주변에 수상한 인물이 있을 리 없었다. 공주는 그래도 불안했다. 왕궁의 침실도 안전하지 못하다는 것을 잘 알고 있는 공주는 호위병을 밖으로 내보내서 입구를 지키게 했다.

"자, 황금풍뎅이에 대해서 말해봐!"
"공주님, 이 줄을 풀어 주시죠. 너무 불편해서 생각이 잘 나지 않습니다."
"흥, 허튼수작하지 마라. 지금 호위들을 내보냈다고 잔꾀를 부리려고 하느냐?"
"그게 아니오라 …, 후, 할 수 없군요. 말에 두서가 없더라도 이해하십시오."
브살렐은 잠시 숨을 고르면서 공주의 표정을 살폈다.

"높은 분들은 하인에게도 귀가 있고 눈이 있다는 것을 종종 잊어버리십니다. 신관들께서도 그러셨지

하나님을 알아 갈수록 예수님을 닮아가서 하나님의 마음을 시원케 하는

요."

"괘씸한 놈들! 그놈들이 내 부탁을 들어줄 생각이 없었다는 말이냐?"

"제가 그분들의 속마음을 어떻게 알겠습니까? 다만, 황금풍뎅이는 네 분이 협력해야만 만들 수 있는 물건입니다. 그런데 그분들은 ⋯."

"지금 그들은 대신관 자리를 놓고 경쟁하고 있지. 그게 황금풍뎅이와 무슨 상관이냐?"

"황금풍뎅이는 판금기술, 보석 물리기, 상감기법, 그리고 유리공예에 이르기까지, 네 분의 비밀을 모두 모아야 완성할 수 있습니다. 하지만 그분들은 자기 비밀이 상대방에게 알려지는 것을 원치 않으십니다."

브살렐은 표정뿐만 아니라 색까지 변하는 공주의 얼굴을 보면서 마음을 놓았다. 드디어 살아날 길이 보였다. 잘하면 죽어야만 나간다는 신전의 사제관을 산 채로 빠져나갈 길이 열릴 수도 있었다.

"이놈! 하찮은 종놈이 감히 파라오의 딸을 기만하려 드느냐? 부제들이 힘을 합쳐야만 만들 수 있는 것을 네놈 혼자 만들겠다고? 네놈이 프타신전의 대신관이라도 되느냐?"

"저는 네 분 모두를 모시고 있습니다. 대신관님을 제외하면, 제가 네 분의 비밀을 모두 알고 있는 유일한 사람일 것입니다."

공주는 브살렐의 말을 되새기느라 잠시 멍한 표정을 지었다. 오래 생각할 수는 없었다. 왕궁으로 돌아갈 시간이 얼마 남지 않았기 때문이었다.

"그래, 어디 한 번 네놈의 실력을 보자. 만약 기대에 미치지 못하면 죽음을 면치 못할 것이다!"

브살렐은 두 손을 가슴에 모으고 공손하게 고개를 숙이려 했다. 그러나 몸이 말을 듣지 않았고, 움찔거린 팔다리만 지독하게 아팠다. 핏물에 젖은 포승줄이 살을 파고들었기 때문이었다.

10. 청소 전문

"꼴이 말이 아니구나."

"하하하. 죽지 않은 것만 해도 다행이죠."

브살렐은 웃다가 밀려든 통증으로 다시 얼굴을 일그러뜨렸다. 오른쪽 눈에 커다란 멍은 공주가 직접 하사한 선물이었다.

"멍청한 놈. 그 정도로 끝날 일이 아니다. 공주의 황금풍뎅이에 손을 대다니, 너도 제 명대로 살기는 글렀나 보다."

"헤헤, 아직 안 죽었잖아요. 저보고 공주 앞에서 알 짱거려보라고 부추길 때는 언제고, 이제 와서 딴소리 하세요?"

"네 재주가 아까워서 한 말이 독이 됐구나. 네놈은 나무와 금속을 잘 다루지. 그것만으로도 공주의 환 심을 사기에 충분했을 것이다. 하지만 황금풍뎅이는 ……."

"흥! 어차피 대신관이 죽으면 우리 모두 죽어요. 공 주의 풍뎅이가 우리에게 살아날 기회를 준 거라고요. 이 나라에서는 풍뎅이가 새로운 생명을 주는 신이잖 아요."

"신은 무슨, 그 물건이 왜 부서졌는지 아느냐? 그것 이 자기 주인을 잡아먹었기 때문이야. 네가 저주의 풍뎅이를 되살리면 그놈이 너를 잡아먹을걸?"

"아아, 저는 이만 청소하러 갑니다. 작업실을 사용 한 걸 들키면, 풍뎅이에게 죽기 전에 부제님들에게 먼저 죽을 테니까요."

브살렐은 자기를 걱정하는 누비아 친구에게 툴툴거

렸다. 지금 필요한 것은 청소도구와 집중력이었다. 부제들이 돌아오기 전에 작업실을 깨끗하게 치워 놓아야 했다. 청소도구를 챙긴 브살렐이 방을 나섰다. 어둠보다 더 어두운 피부색을 가진 사내가 뭔가를 더 말하자 잠시 멈칫했으나, 뒤를 돌아보지는 않았다. 대신 그는 작은 미소를 입에 베물었다.

"이놈! 청소라면 내가 전문가다. 같이 가자."

11. 모두가 아는 화덕

"부제들이 또 싸웠다며?"

"대신관님이 몸져누워 있으니, 다들 몸이 달은 게지."

"흥, 목숨이 경각에 달린 것은 우리인데, 왜 지들이 싸우고 난리래?"

"그딴 소리 말게. 아직 누가 순장조가 될지 모르는 일이니까."

"그래. 신임 대신관이 자기 사람으로 지목한 사람은 살 수도 있어."

"저, 난 이만 가 봐야겠네. 세베크 부제님이 심부름 시킨 것이 있는데 깜빡했어."

"난 하마디 님께 벌꿀차를 가져다 드려야겠군. 나중에 보세."

신전의 하인들은 실낱같은 희망의 끈을 놓지 않으려고 안간힘을 썼다. 브살렐도 마찬가지였다. 그러나 그가 붙들고 있는 끈은 다른 사람들과 달랐다.

"내일이면 나일강이 최고 수위에 도달한대요."

"그러냐? 이삼일 내로 왕실의 배가 오겠구나."

"테베에서 여기까지 반나절이면 와요. 이젠 정말 시간이 없어요."

"아직도 황금풍뎅이에 미련을 두고 있구나. 그 물건은 전대의 대신관이 남긴 것이야. 정식으로 공예의 비밀을 전수받지 못한 네가 어떻게 해 볼 수 있는 것이 아니다."

브살렐은 벌떡 일어서서 자기가 걸터앉았던 의자를 뒤집었다. 파피루스 줄기를 얼기설기 엮어 놓은 걸상

바닥에 손을 넣었다가 빼자, 그의 손에는 손바닥 두
개를 합쳐 놓은 거 만한 보퉁이가 들려 있었다.

"이걸 보시죠."

보퉁이에서 삐져나온 금속판이 등잔 불빛을 반사하
며 반짝거렸다. 중앙 상단부에서 부릅뜨고 있는 호루
스의 눈은 하얀 흰자위에 검은 눈동자가 선명했고,
그 아래로 두 개의 날개가 금속판 전체를 감싸는 모
양으로 활짝 펼쳐져 있었다. 어디선가 불어온 바람에
등잔불이 일렁이자, 두 날개가 금방이라도 떠오를 것
처럼 펄럭였다. 날개에 빽빽하게 박힌 보석들이 형형
색색의 빛을 토해내며 만들어낸 환상이었다.

"으음, 이렇게 작은 보석들을 황금판에 일일이 박
아 넣었구나. 그러면서도 작은 틈 하나 없이 단단하
게 짜 맞추다니, 참으로 대단한 솜씨야. 하지만 여기
가운데가 비었어. 제일 중요한 것이 빠졌단 말이지."

"맞아요. 아직 깨진 풍뎅이를 복구하지 못했어요.
그걸 한 번에 지적하시다니, 아저씨야말로 정말 대단

해요."

"흥, 신전 청소를 오래 하다 보면, 가만히 있어도 알게 되는 것이 많이 있어."

별일 아닌 듯이 말했지만, 사실 누비아 사람은 브살렐의 재주에 매우 놀랐다. '만약 이 아이가 황금풍뎅이를 복원할 수만 있다면?' 그렇게만 된다면, 정말 이 젊은이에게 살길이 열릴 수도 있었다.

"불가능해!"

"네? 뭐라고요?"

"중심에 놓일 풍뎅이는 황금색 유리로 만들어졌어. 이걸 만들려면 세 가지가 필요하다. 첫째, 모래를 유리로 녹여내는 강력한 화덕, 둘째, 유리를 노랗게 만들어 줄 안료, 셋째, 유리를 풍뎅이 모양으로 다듬을 수 있는 장인의 솜씨, 이 중에 하나라도 부족하면 제대로 된 풍뎅이를 만드는 것이 불가능해."

"아저씨, 비밀 화덕을 설치할 곳이 어디 없을까요?"

"무슨 소리냐?"

"다른 것은 모르겠는데, 세베크 님의 화덕은 몰래 사용할 수가 없었어요. 아침까지 열기가 남아 있을 테니까요."

"화덕만 있으면 유리 풍뎅이를 만들 수 있다는 뜻이냐? 너 지금 내가 말한 것을 어디로 들은 거야? 어떻게 모래를 녹일 화덕을 구했다고 하자. 그러면 안료의 재료와 배합비율은 알아? 그리고 너는 유리를 손으로 깎아 본 적도 없잖아."

"이제부터 해 봐야죠. 거의 다 왔는데, 여기서 포기할 수는 없어요."

누비아 사람은 포기를 모르는 젊은이를 보며 깊은 생각에 잠겼다. 그에게도 장인의 열정에 취해서 살았던 젊은 시절이 있었다. 그는 신들의 비밀을 해체하고 재조합하는 능력이 탁월했다. 그는 이집트의 신들을 이런저런 형태로 결합시키면서 장인이야말로 신에 근접한 인간이라고 생각했다. 아니, 그는 자신이야말로 장인 최초로 신의 반열에 오른 임호테프의 화

예수님을 닮아가는 신실한 예준 한별 가족!

신이라고 믿었다. 그때 그 일이 벌어졌다. 그날 신보다 위대한 장인이 한낱 신전의 청소부로 전락했다.

"이 신전에 비밀 화덕은 존재하지 않아. 그러나 모두가 알지만, 아무도 사용하지 않는 화덕이 하나 있긴 하지. 바로 대신관의 화덕이야. 어떠냐? 장인의 길에 목숨을 걸 준비가 됐다면 대신관의 화덕으로 안내해 주마."

신이 달을 만들때 그리움을 흘렸는지 난 달만 보면 그립더라_바다소녀

12. 처음 올린 제사

"아이고, 저것 좀 보세요. 바퀴벌레가 우글우글해
요."

"대신관이 부사제들에게 일을 맡긴지 십 년이 넘었
다. 이제는 침대에서 일어나지도 못한다니, 그가 이
곳에 올 일은 전혀 없다고 봐야지."

브살렐은 대사제의 공방을 천천히 돌아보았다. 모
든 것이 부제들의 공방보다 컸다. 그리고 모든 것이
더 있었다. 어떤 기구들은 부제들의 공방에서도 본
적 없는 것이었다.

"이게 화덕이군요. 대신관의 화덕이라 그런지 규모가 장난 아니네. 어디 이제부터 불을 피워 볼까요?"

브살렐은 어깨에 메고 왔던 장작을 바닥에 내려놓았다. 많이 챙겨오려고 애를 쓰긴 했는데, 막상 화덕 아궁이를 충분히 채우지 못할 것 같았다. 그만큼 화덕이 크기도 했다.

"이놈, 너 혹시 화덕 사용법을 모르는 것 아니냐?"

"헤헤. 어떻게 아셨어요? 세베크 부제님은 워낙 혼자 일하는 분이라 엿보기가 어려웠거든요. 그래도 재료 심부름을 하면서 어떤 것들이 필요한지 파악했어요. 보세요. 여기 다 가져왔어요."

누비아 사람은 브살렐이 내민 자루를 볼 생각도 하지 않은 채 한숨을 쉬었다. 이 아이의 재능이 아무리 뛰어나다고 해도 하룻밤 새에 유리를 다루는 장인이 될 수는 없었다.

"돌아가자. 넌 황금풍뎅이를 완성할 수 없다."

"아뇨. 할 수 있어요. 보세요. 여기 모래와 소다석, 그리고 마법의 가루들이에요. 이 가루들은 세베크 부제님의 방에서 가져온 것이니 틀림없는 것들이에요."

"후우, 이 바보야. 유리공예는 불 조절이 기본 중에 기본이다. 불을 다루지 못하면, 마법의 가루고 뭐고 다 소용없는 거야."

"에이, 어떻게든 해야죠. 해보지 않으면 배울 수도 없는 거잖아요. 그리고 이젠 정말 시간이 없다고요."

나일강 수위가 계속 높아지고 있었다. 강물을 살피는 관리가 최고 수위라고 선언하면, 공주는 즉시 배를 띄울 것이다. 왕실의 배가 내일 온다고 해도 전혀 이상한 상황이 아니었다.

"얘야, 장작불만으로는 모래를 녹일 수 없다."

"예? 여기에 등잔 기름이라도 부어야 한다는 건가요?"

"후우, 어쩔 수 없지. 내가 화덕을 맡겠다. 너는 유리의 색깔과 모양에만 집중해라."

"아저씨가 불을 다루신다고요? 도대체 아저씨 정체가 뭐죠?"

"지금 한가하게 그런 이야기 할 시간이 어디 있냐? 어디, 이 안에 화덕을 화끈하게 달궈줄 재료가 있는지 찾아보자."

누비아 사람이 헤집고 다니는 통에 잠시 소란스러웠던 공방이 다시 조용해졌다. 대신 화덕 앞에는 노란 덩어리들이 담긴 자루 하나와 입구가 넓고 뚜껑이 덮여 있는 항아리가 놓였다.

"이게 뭐죠?"

브살렐은 항아리의 뚜껑을 열어보다가 지독한 냄새에 코를 틀어막았다. 그 안에는 검고 윤기가 나는 진흙이 들어 있었다.

"역청이다."

"역청은 붉은색이 나야 하는데 이건 아저씨보다도

이는 그를 믿는 자마다 멸망하지 않고

검은데요?"

"붉은색 역청은 불순물이 많아서 그래. 이렇게 검은 역청은 멀리 떨어진 다른 나라에서 가져온 것이다. 그들은 이걸 '나파투'라고 한다. 불타는 진흙이라는 뜻이지."

"이 노란 덩어리는요? 어, 이게 끈적끈적하게 달라붙어요."

"그것도 외국에서 들어온 물건이다. 소나무라는 나무의 진액을 모아서 굳힌 것이다."

"이런 게 불이 붙어요?"

"강한 불, 오래가는 불, 그리고 조절이 가능한 불을 만든다."

"이런 외국의 재료들을 마음껏 사용하다니, 역시 대신관님의 공방은 대단하군요."

"하하하, 아무리 대신관이라도 이걸 불쏘시개로 쓸 생각은 못했을 것 같구나. 사실 이건 조금씩 덜어서 접착제, 방수재료 등으로 사용한단다. 우리야 워낙 사정이 급하니까 다 태워버리자꾸나."

영생을 얻으려 함이니이다. (요 3:16)

누비아 사람은 화덕에 장작을 반만 넣고 반은 역청 항아리에 담갔다. 노란 나무진액이 담긴 자루는 화덕 아궁이 옆에 놓였다. 그것들은 불의 상태에 맞춰서 아궁이에 조금씩 던져진다고 했다. 브살렐은 지중해 산 흰모래와 사막의 호수에서 가져온다는 소다석 가루를 도가니에 부었다. 이제 유리를 만들기 위한 모든 준비가 갖춰졌다.

"이제 어느 신에게 제물을 바치겠느냐?"

"예? 제물이요?"

"아무리 사정이 다급해도 신의 가호를 빌고 불을 붙여야지. 그게 장인의 법도다."

"프타신전이니까 창조신이자 공예의 신이신 프타님의 이름으로 불을 피우죠."

"흥! 프타가 자기 신전에서 도망칠 궁리를 하는 노예에게 잘도 은혜를 내려주겠다."

"헤헤, 아저씨 말이 맞네요. 그럼 우리 조상의 하나님이신 엘 샤다이님에게 기도할래요. 이집트에서 제

편을 들어줄 신이라곤 그분밖에 없을 테니까요."

브살렐은 허리춤에서 작은 빵조각을 꺼냈다. 신에 바칠 제물로 초라하기 그지없었지만, 가진 것이 그것뿐이었으니, 달리 선택의 여지가 없었다. 그는 화덕 아궁이에 빵조각을 올려놓고 무릎을 꿇었다. 뭔가 기원의 말을 해야 하는데, 입이 떨어지지 않았다. 엘 샤다이께서 조상의 하나님이라지만, 정작 그분의 이름이 너무 낯설게 느껴졌다.

"뭐하냐? 빨리 제사를 마치고 불을 피워야지."
"알았다고요! 너무 보채지 마세요."

괜히 신경질을 부리며 대답을 했지만, 여전히 안 하던 기도를 하려니 너무 어색했다.

윤희야 축하해! 너의 기도와 결실이 하나님께 영광이 되기를~

13. 마법의 비밀

"열기가 부족해. 바람을 더 세게!"

누비아 사람이 보채지 않더라도 브살렐은 죽을힘을 다해 풍로를 밟고 있었다. 그가 체중을 실어 올라탈 때마다 화덕에 바람을 불어넣는 풍로도 '우우웅' 괴로운 숨을 몰아쉬었다.

"뭔가 이상해요. 세베크 님의 화로보다 더 뜨거운데도 모래가 녹지 않고 있어요."

"세베크의 공방에서 가져온 것들을 다 꺼내봐. 그

가 가진 마법의 비밀이 뭔지 살펴보자."

브살렐이 황급히 작은 주머니들을 꺼내놓았다. 누비아 사람은 주머니에 담긴 가루를 조금씩 덜어서 살펴보았다. 냄새를 맡고, 손가락 끝으로 비벼보다가 끝내 혀에 대고 맛을 보기까지 했다.

"퉤퉤, 이거다! 생석회야. 이 주머니의 가루를 도가니에 부어라."

"아저씨, 괜찮으세요? 입이 퉁퉁 부었어요!"

흰색의 고운 가루가 도가니에 뿌려지자 놀라운 일이 일어났다. 그동안 도가니 안에서 붉게 달아오르기만 한 채 형체를 유지하고 있던 모래 알갱이가 녹아내리기 시작했다.

"녹아요! 모래와 소다석 가루가 서로 엉키면서 빵반죽처럼 변하고 있어요."

"호들갑 떨지 마라. 아직 할 일이 많다."

누비아 사람은 브살렐이 건네준 쇠 집게를 이용해

주의 나라를 위해 함께 기도하는 동역자가 될게_SY.CHOI

서 붉은 액체가 넘실거리는 도가니를 집어 들었다. 그가 넓적한 돌 판에 도가니를 기울이자 붉은 덩어리가 떨어지면서 '칙'소리와 함께 흰 연기가 피어올랐다.

"크기는 적당한데 모양이 좋지 않아요. 좀 더 둥글어야 해요."

"그래, 알았다. 이번에는 유리물을 조금 더 빨리 떨어뜨려 보자."

한 명이 돌 판에 유리물을 떨어뜨리면, 또 한 명은 돌 판을 이리저리 흔들어서 유리구슬의 모양을 냈다. 이일을 몇 번 반복하자 제법 균형이 잡힌 유리 덩어리가 만들어졌다.

"얘야, 더는 안 되겠다. 이러다가는 색을 입힐 유리도 남지 않겠어."

"아저씨, 한 번만 더요. 그래도 원하는 모양이 안 나오면, 여기 이걸 풍뎅이 몸으로 삼을게요."

"너무 완벽하게 하려고 하지 마라. 지금은 빨리 끝내는 것이 제일 중요해. 우리에게 주어진 시간이 오늘 밤밖에 없다는 것을 명심해."

유리만이 아니라 땔감도 얼마 남지 않았다. 화덕의 열기를 유지해주던 역청과 송진도 바닥을 보였다. 그리고 가장 부족한 재료는 시간이었다. 곧 새벽이 올 것이다. 이들에게는 시행착오를 겪으며 성장할 만한 여유가 없었다. 단지 몇 번의 시도로, 아니 단 한 번의 시도만으로 자신의 한계를 돌파하고 원하는 경지에 이르러야 했다.

"아저씨 말씀이 맞아요. 이제부터는 유리에 색을 입히겠어요."

"꼭 황금색이 아니어도 된다. 알지? 황금풍뎅이에는 나쁜 저주가 걸려 있어. 이참에 푸른색이나 초록색으로 풍뎅이를 만들자. 세베크의 방에서 가져온 주머니 중에 구리가루 든 것이 있었지? 아니면 녹슨 쇳가루도 괜찮다."

"구리 가루를 넣으면 신비로운 푸른색 유리가 만들어지죠. 녹슨 쇳가루를 넣으면 짙은 초록색 유리가 되고요. 하지만 전 황금색 유리를 만들 생각이에요."

"그래, 푸른색이나 초록색 유리의 안료는 딱히 비밀도 아니다. 다만 발색이 좋고 고르게 하려고 적절한 양을 맞추기가 매우 어렵다. 그러나 황금색 유리는 문제가 다르지. 황금색 안료의 비밀은 오직 프타신전의 대신관에게만 전해진다고 한다. 네놈이 재생시키려고 하는 황금풍뎅이가 전대 대신관의 솜씨라니까 사실일 거다. 하지만 그 망할 풍뎅이가 깨어진 이후로는 아무도 황금색 유리를 만들지 못했어. 과거의 어떤 사건 때문에 전대의 비밀이 지금 대신관에게로 전해지지 못했다는 이야기도 있다. 그런데 네놈이 황금색을 낼 수 있다고?"

"전 세베크 님의 공방에서 황금색 유리를 봤어요."

"뭐라고? 그럼 세베크가 황금색의 비밀을 풀었다는 것이냐? 그래서? 세베크가 도가니에 무엇을 집어넣더냐? 혹시 금가루더냐?"

큰 자의 하나님이 아니고 작은 자의 하나님

"어? 아저씨가 그걸 어떻게 아셨어요? 정말 세베크 부제님은 저보고 금가루를 가져오라고 했어요. 하지만 금가루로 황금색 유리를 만들지는 못해요. 그날 세베크 님은 짙은 보라색 유리를 만드셨어요."

"하지만 너는 세베크의 방에서 황금색 유리를 봤다면서?"

"그건 정말 우연이었어요. 어쩌면 세베크 님도 제가 본 것을 보지 못했을 수도 있어요. 왜냐하면, 제가 공방을 청소하다가 화덕 옆에서 이걸 발견하고 재빨리 챙겼거든요."

브살렐이 내민 손바닥 위에는 작은 유리 조각이 놓여 있었다. 울퉁불퉁 녹아내린 작은 조각에 불과했지만, 그 색만큼은 정말 투명한 노란색이었다. 누비아 사람이 눈을 얼마나 커다랗게 떴던지, 흰자위가 검은 얼굴에 절반을 덮은 것처럼 보였다.

"이건?"

"유리 덩어리 안에 녹다 만 쇳조각 보이죠? 틀림없

이 세베크 님의 은귀걸이에요. 아마도 세베크 부제님이 뜨거운 유리물을 바닥에 흘렸겠죠. 그런데 마침 바닥에 이게 있었고, 그것이 뜨거운 유리와 결합을 한 거죠."

"황금색 유리의 안료가 은이었다니, 누가 상상이나 했겠냐? 대단하구나. 하지만 세베크가 은가루로 실험해 보지 않았을 리가 없다. 이 귀걸이 조각 하나만 보고 판단하기에는 너무 위험하지 않으냐?"

"이집트의 은은 모두 외국에서 수입하죠. 그래서 은이 금보다 귀해요. 부제님이 이걸 안료로 쓸 생각을 했다고 해도, 아주 소량만 넣어 봤을 거예요. 물론 아직 확실한 것은 아니에요. 은이 맞다 해도 적당한 양을 모르니까요. 하지만 저는 이 귀걸이에 저의 모든 것을 걸어 보겠어요."

브살렐은 떨리는 손으로 주머니를 열고, 그 안의 귀하디귀한 은가루를 움켜쥐었다. '도대체 얼마나 넣어야 할까? 아주 많이 넣어야 할 거야. 살살 뿌리면서

널 좋아하다 그만 하기로 했다_오은정

색의 변화를 살피는 것은 다들 시도해 봤을 테니까.'

그는 손바닥 전체에 힘을 줘서 은가루를 가득 집었다. 그리고 얼마 남지 않은 도가니의 붉은 반죽에 은가루를 휙 뿌렸다.

14. 영혼의 집

"아, 정말! 또 망쳤어요."

"네놈의 섬세함은 내가 잘 안다. 뭘 깎고 다듬는 솜씨는 네가 이집트에서 최고니까. 그러니 실패를 두려워하지 말고, 오직 눈앞의 작품에만 집중해라."

브살렐은 심호흡을 크게 한 후, 쇠막대를 도가니에 넣었다 뺐다. 가는 쇠막대에 뜨겁고 붉고 투명한 점액질이 묻어 나오자, 재빨리 돌판으로 달려가서 손을 휘저었다. 브살렐이 하는 일은 미리 만들어둔 작은 유리공에 색유리를 입히는 일이었다. 단순히 구슬의

김요한 작가님도 파이팅입니다^^_조현철

겉을 색유리로 뒤덮는 것이 아니라, 뜨거운 유리물을 가늘게 흘리기도 하고, 쇠막대로 긁기도 하면서 제대로 된 풍뎅이 모양을 만들어야 했다. 붉은 유리물이 식으면 투명한 노란색이 됐다. 대신 유리가 식으면 더 이상 작업을 할 수 없을 뿐만 아니라, 수정할 수도 없었다. 유리공예는 온도, 두께, 모양, 그리고 재빠른 손놀림까지 장인에게 인간 이상의 능력을 강요하고 있었다.

"아우, 미치겠네. 힘을 너무 줬더니, 풍뎅이 등이 뚫려버렸어요."

"침착해라. 아직 시간이 있으니까 너무 걱정하지 말고."

말은 그렇게 했지만, 누비아 사람은 날이 이미 밝았다는 것을 알았다. 이곳에서 평생을 보낸 그는 해가 뜨는 것을 보지 않고도 시간의 흐름을 읽을 수 있었다. 지금쯤 하인 중에 몇 명은 그들이 밤새 자리를 비운 것을 알게 됐을 것이다. 이제 아무 일도 없다는 듯

평생 기도의 눈물이 마르지 않게 하옵소서.

이 일상에 복귀하는 것은 불가능했다. 무조건 황금풍뎅이를 완성하고 볼 일이었다.

"아저씨, 손이 떨려서 도저히 풍뎅이의 모양을 만들 수가 없어요. 이게 마지막 남은 유리구슬인데, 이것마저 실패하면 어떻게 하죠?"

"얘야, 잠시 쉬자. 여기 물도 좀 마시고."

"시간이 없어요. 곧 날이 밝는다고요."

"허허허, 조급한 마음이야말로 장인이 가장 경계해야 하는 것이 아니더냐? 물 한 모금 마시는데 시간이 걸려봐야 얼마나 걸리겠느냐?"

대사제의 공방은 워낙 은밀한 곳이라 대사제 본인 외에는 이곳에 올 사람이 없었다. 병상에서 죽어간다는 대사제가 나타날 리 없으니, 당분간 이곳은 프타 신전에서 가장 안전한 곳이었다. 누비아 사람은 몇 개 남지 않은 장작 중에 하나를 화덕에 넣었다. 역청이 발라져 있는 나무에 불이 붙자 순간적으로 불꽃이 확 일었다.

경서 목사 하나님께 꼭 쓰임 받는 목자 되길 기도합니다_ 최현선,김인자

"이렇게 해 두면 도가니가 식진 않을 거다. 어떠냐? 잠깐 쉬면서 내 이야기를 들어보지 않겠냐?"

"좋죠. 안 그래도 아저씨 정체가 너무 궁금했어요. 신전의 청소부라고 하기에는 수상한 구석이 많았거든요."

"흥, 청소부가 어때서? 진정한 장인이라면 뒷정리까지도 완벽해야 한다. 세베크를 봐라. 자기 손으로 뒷정리하지 않으니, 결국 너 같은 꼬마에게 비법을 몽땅 털리고 말았잖느냐?"

"저야말로 흥이네요. 이렇게 거대한 꼬마가 어디 있다고? 아저씨도 꼬마였을 때가 있었을 텐데 너무 하네요."

"하하하, 네 말이 맞다. 나도 꼬마였을 때가 있었지. 난 누비아 사람의 땅 '쿠시'에서 태어났다. 쿠시의 왕은 화려한 것을 좋아해서 왕의 도성 '카르마'에는 왕실을 위해 봉사하는 장인들이 많았어. 우리 아버지도 그런 장인 중에 한 분이셨는데 제법 실력이 좋으셨다. 그런 아버지를 보고 자라서 그런지, 나도

오늘은 과정이 아니라 꿈의 하루 조각을 성령과 누리는 완성의 날이다_아비브

어릴 때부터 장인이 되고 싶었어."

누비아 사람은 뭔가 좋은 기억이 떠올랐는지 그의
얼굴에 옅은 미소가 번졌다. 브살렐은 그의 미소를
보면서 자기 마음마저 따뜻해지는 것을 느꼈다. 갑자
기 어디 계신지 모를 아버지가 그리워졌다.

"그런데 어쩌다 이집트에 와서 신전의 청소부를 하
고 있는 겁니까?"

"날 이곳에 데려온 사람은 이 공방의 주인이다."

"예? 대신관님이 아저씨를 직접 데려왔다고요?"

"이놈, 놀라기는. 내가 열 살 무렵일 때, 이집트와
쿠시 사이에 전쟁이 있었다. 누비아 사람들은 용맹
하게 맞섰지만, 우수한 무기와 탁월한 전술을 앞세
운 이집트 군대에게 역부족이었다. 결국, 쿠시의 왕
과 누비아 군대는 왕성을 버리고 후퇴할 수밖에 없었
다. 카르마의 장인들도 모두 왕의 뒤를 따랐지. 하지
만 우리 가족은 공방에서 짐을 싸다가 그만 늦고 말
았어. 갑자기 이집트 군인들이 들이닥치더니 모든 것

을 때려 부수더구나."

"엄청 무서웠겠어요."

"무서웠지. 하지만 무서운 감정보다 더 앞섰던 것은 슬픔이었다. 아름다운 작품들이 마구 부서지고 있었어. 아버지는 아름다운 물건에는 숭고한 영혼이 깃든다고 하셨다. 그래서 나는 장인이란 숭고한 영혼에게 집을 지어주는 사람이라고 믿었다. 그런데 내 눈앞에서 영혼의 집들이 마구 부서지고 있었어. 마치 내가 부서지는 것만 같았다."

브살렐은 누비아 사람의 이야기에 고개를 끄떡였다. 숭고한 영혼이니 하는 이야기는 잘 이해가 되지 않았지만, 아름다운 작품들이 부서질 때 자기가 부서지는 것 같았다는 말이 그의 가슴에 깊이 와닿았다.

"그때 흰옷을 입은 사람이 들어와서 군인들을 말렸다. 마른 몸에 머리를 민 남자였는데, 그 사람 말에 군인들이 쩔쩔매더구나."

"그 사람이 프타신전의 대신관이었나요? 신관들은

웃음은 저축하는 게 아니죠.

신전을 떠날 수 없다는 계약에 묶여 있을 텐데요?"

"맞다. 대신관은 무엇인가 절실하게 찾고 있는 것이 있어서 위험을 무릅쓰고 카르마에 온 것이다."

"그게 뭐죠?"

"하하. 바로 저 도가니에서 끓고 있는 저것."

"네? 황금색 유리요?"

"그래. 그는 전임 대신관의 갑작스러운 죽음으로 프타신전 최고의 비밀을 물려받지 못했어. 대신관의 정통성에 큰 흠집이 있는 셈이었지. 그는 황금색 유리의 비밀을 찾으려고 카르마의 공방을 뒤지고 다니다가 결국 우리 집에까지 오게 된 것이다."

누비아 사람은 뒷이야기를 마저 들려주었다. 별 소득 없이 공방을 뒤지고 다니던 대사제는 미처 도망치지 못하고 군인들에게 잡힌 장인 가족을 보았다. 공방을 보니 도자기 장인 가족이라 실망을 했지만, 그는 금방 좋은 생각을 해냈다. 아이를 인질로 잡고 아버지가 비밀을 찾아오게 하는 것이다. 그러나 아내가 새로운 자식을 낳으면 인질의 가치가 떨어질 수 있었

가져다 쓰는 거죠. 매일 매일 아낌없이 쓰세요_바다소녀

다. 사제가 군인들에게 몇 마디 말을 건네자, 군인들이 실실거리며 울부짖는 아이의 눈앞에서 어머니를 끌고 갔다. 아이의 아버지는 고개를 힘없이 떨어뜨렸고, 그렇게 계약이 성립되었다. 그때부터 흑인 아이는 햇빛이 들지 않는 프타신전의 어둠 속에서 살게 된 것이다.

"그래서 아버지는 어떻게 되셨죠? 황금색 유리의 비밀을 알아내셨나요?"

"아버지는 일 년 만에 오셨어. 시간을 더 달라고 부탁하기 위해서였지. 그다음은 삼 년 만에, 그 후로는 오지 않으셨다. 못 오시는 걸까, 아니면 오셨는데 만나지 못했던 걸까, 아무도 말해 주지 않으니 알 수가 없었어."

"슬픈 이야기군요. 이곳은 어린아이가 살 만한 곳이 아닌데, 무척 힘드셨겠어요."

"이곳에서 나쁜 일만 있었던 것은 아냐. 신전의 사람들은 대신관이 흑인을 막내 제자로 들였다고 수군

진심은 빠르든지 느리든지 서툴든지 간에 따뜻함과 동시에 정확하다.

거렸어. 덕분에 이집트 최고의 공방에 자유롭게 출입할 수 있었어. 난 장인의 아들이다. 기술은 부족했지만, 안목이 있었어. 내 눈에는 쿠시와 이집트의 영혼들이 보이거든. 나는 공방에 틀어박혀서 영혼의 집을 만들었다. 누비아와 멤피스의 신들이 내가 만든 작품 속에서 평화롭게 지냈지."

"저는 아저씨가 공방에 출입하는 것을 본 적이 없어요. 대신관의 막내 제자였다면서 지금은 왜 청소부로 사시는 거죠?"

"나는 제자가 아니라 인질이었다. 대신관이 나를 내버려 두었던 덕에, 사람들이 오해했을 뿐이다. 그러나 나도 한때는, 내가 대신관의 제자인 것은 아닐까 착각을 한 적이 있긴 했다. 그래서 대신관을 보좌하는 부제를 선발하는 시험에 작품을 내기도 했으니까. 스무 살의 오기였다고나 할까? 하지만 그것이 화근이었어. 대신관은 그날부터 내게 공방 출입을 금지하고 대신 신전을 청소하게 했어. 그날 내가 처음으로 치워야 했던 것이 뭔지 아니? 바로 산산이 조각난

그 어느 때보다 향기롭다_권영은

내 작품이었다. 휴, 그날부터 지금까지 삼십 년을 청소부로만 살았구나."

브살렐은 눈앞의 청소부 안에 숭고한 영혼이 깃들어있음을 알았다. 상처 입고 고통받았지만, 여전히 고귀하고 아름다운 장인의 영혼이었다. 그의 늙고 검은 몸은 아름다운 영혼의 집이었다.

"스승님, 고맙습니다."
"스승님? 그거 나보고 하는 말이냐?"
"이제야 고백하지만, 아저씨는 진작부터 제 마음속의 스승님이셨어요."

브살렐은 누비아 사람에게 큰절을 올렸다. 그리고 엄숙한 얼굴로 일어나, 긴 쇠젓가락을 들고 도가니 앞으로 가서 섰다. 누비아 사람은 얼른 손을 들어 습기가 뿌옇게 차올라 흐려진 두 눈을 비볐다. 뭔지 모를 뿌듯함이 뱃속을 뜨겁게 달궜지만, 그 느낌마저 뿌리쳤다. 지금은 어린 제자를 위해, 도가니를 뜨겁게 달궈야 했다. 그는 남은 장작을 모두 화덕에 던져

모든 사람에게 기본소득이 주어지고, 핵발전소 없이 안전하며,

넣었다. 그러는 와중에도 그의 입가에 푸근하게 매달린 미소는 그도 어쩔 수 없었다.

"영혼의 집, 영혼의 집!"
검은 스승을 통해 큰 깨달음을 얻은 브살렐은 풍뎅이 모양의 유리를 만드는 일을 그만두었다. 대신 숭고한 영혼이 머물 집을 만드는 것에 집중했다. 마지막 남은 유리구슬에 도가니의 붉은 유리물을 묻히고, 그것이 굳기 전에 쇠막대로 긁어댔지만, 그는 자기가 무엇을 하고 있는지도 모르는 것 같았다. 그저 돌판 앞에 고개를 숙인 채, 거침없이 손을 움직이고 있을 뿐이었다. 마침내 숨까지 참느라 붉게 달아오른 얼굴을 번쩍 들었을 때, 그의 앞에는 커다란 풍뎅이가 놓여있었다. 금방이라도 날아오르려는 듯, 등딱지에 잔뜩 힘을 준 모습에 감탄이 절로 나왔다. 풍뎅이의 투명한 몸에서 뿜어져 나오는 노란빛은 황금처럼 빛나는 숭고한 영혼의 빛이었다.

편안한 주거생활과, 하고 싶은 일을 하며 살 수 있는 세상이 되길_김영준

"오오!"

누비아 사람은 감탄사만 바랄 뿐 말을 잊지 못하다가, 더 이상 어린 제자의 작품을 쳐다보지 못하고, 두 손으로 얼굴을 감싸며 털썩 주저앉았다. 그는 풍뎅이가 뿜어내는 광채 속에서 아버지의 얼굴을 보았다. 자식을 위해 황금유리의 비밀을 찾아 떠났던 아버지는, 어느 황량한 사막에서 쓸쓸히 숨을 거두었으리라 생각했다. 그런데 아버지의 영혼이 어린 제자의 손길을 타고 그에게로 돌아온 것이다. 수십 년 동안 단 한 번도 내비친 적이 없었던 뜨거운 눈물이 그의 손가락 사이로 흘러내렸다.

"으윽, 윽. 아버지!"

누비아 사람의 한 맺힌 울부짖음이 공방을 휘돌다가, 영롱하게 빛나는 노란색 유리 안으로 빨려 들어갔다. 그렇게 그의 영혼이 아버지의 영혼과 함께 황금풍뎅이 안에서 쉼을 얻었다.

내 청춘은 아직 진행 중...

15. 결박당하다

"여기 있다!"

날카롭게 외치는 소리가 공방의 공기를 뒤흔들었다. 그것은 밤샘 작업으로 촛농처럼 녹아내린 두 남자를 벌떡 일으켜 세울 만큼 강한 흔들림이었다.

"어쩌죠?"

"도망치기에는 이미 늦었으니, 마음 단단히 먹어라."

신전에 중대한 변고가 생긴 것이 틀림없었다. 그렇

모든 하루는 내 인생 최고의 날이 될 가능성을 가지고 있다!_김소라지 않고선 신전 외곽의 호위병들이 대사제의 공방에 들이닥칠 이유가 없었다. 두 사람은 살기를 풀풀 날리는 병사들에 의해 순식간에 결박을 당한 채 바닥을 뒹굴었다.

"그래그래, 역시 이곳에 있었어."

공방의 입구에서 익숙한 목소리가 들렸다. 돌바닥에 떨어진 쇳조각처럼 신경을 긁는 소리의 주인공은 부제 세베크였다.

"다들 너희가 신전을 빠져나갔다고 했지만, 난 아니라고 생각했어. 아직 뒤져보지 않은 곳이 한 군데 남아 있었거든. 하하하, 결국 내가 대신관님의 암살범들을 잡았어. 이걸로 차기 대신관에 한 발 더 가까이 갔으니, 네놈들에게 고맙다고 해야 하나?"

"암살범이라니? 그럼 대신관이 죽었나?"

"어허, 그 말버릇이 뭐야? 너도 그분의 제자 중에 하나였잖아. 예를 갖춰야지."

"정치를 외면한 가장 큰 대가는 가장 저질스러운 인간들에게

"난 제자가 아니라 인질이었다. 그는 내 스승이 아냐!"

"호, 그래서 그분을 죽였나? 수십 년을 청소부로 살면서도 복수할 기회만 노렸다니, 정말 대단해."

"내가 그를 죽였다고? 도대체 무슨 … 으윽."

병사들이 일어서려던 누비아 사람의 목덜미를 밟자, 그의 커다란 목소리가 짓눌리는 신음으로 변했다. 말싸움의 상대가 입을 다물자, 세베크는 비릿한 미소를 지었다. 진실은 아무래도 좋았다. 진실은 자기 손에 잡힌 두 사람을 어떻게 포장하고 설명하느냐에 따라 얼마든지 달라질 수 있었다.

"저놈들을 신전 광장으로 끌고 가. 그곳에서 재판을 받을 것이다."

홀로 남은 세베크는 대사제 자리를 놓고 다투는 경쟁에서 다른 부제들보다 앞서가게 됐다는 것에 한껏 고무된 채 공방을 천천히 돌아보았다. 그는 작은 주머니들이 바닥에 흩어져 있는 것을 보고 눈살을 찌푸렸다.

"누가 내 물건에 손을 댔나 했더니, 저놈들이 훔쳐
간 것이었군. 저걸 팔아서 도피자금으로 쓸 생각이었
나?"

세베크는 혼잣말을 중얼거리며 땅에 떨어진 주머니
들을 주웠다. 그러다 몇 개의 주머니가 비어있는 것
을 발견하고 크게 당황했다. 먹을 수 있는 물질이 아
닌데 비었다는 것은 이걸 사용했다는 뜻이었다. 그
는 황급히 공방의 중앙에 놓인 화덕으로 달려가서 도
가니에 손을 대보았다. 지난밤에 이곳에서 무슨 일이
있었는지를 증언하듯, 도가니가 따뜻했다. 그가 들고
있는 등잔불이 크게 흔들렸다. 도가니 옆 돌판에 만
들다만 풍뎅이 조각들이 놓여있는 것을 발견한 그가
중심을 잃고 비틀거렸기 때문이었다. 돌판의 풍뎅이
들은 형체가 찌그러져 있고 그중에 하나는 등짝에 구
멍까지 뚫려 있어서 조잡하기 그지없었다. 그러나 모
두 노랗고 투명하게 반짝이는 것이, 틀림없이 황금색
이었다.

내가 좋아하는 말은, "너의 인생은 늘 B(birth)와 D(death)사이의

16. 재판을 받다

"헉."

두 손이 결박된 채 단단한 돌바닥에 내동댕이쳐진 브살렐의 입에서 급하게 바람을 집어삼키는 소리가 났다. 가까스로 얼굴을 들어서 턱이 깨지는 일을 모면했지만, 체중을 실은 채 바닥에 먼저 닿은 가슴에서부터 견딜 수 없는 통증이 전신으로 퍼져나갔다.

"얘야, 괜찮으냐?"

먼저 바닥에 엎드려져 있던 누비아 사람이 겨우 고

C(choice)다. '선택'이 너의 인생을 만든다." _조창현

개만 돌려서 브살렐의 안부를 물어왔다. 이런 상황에
서도 제자를 챙기는 따뜻한 관심에, 브살렐은 가슴의
통증을 이겨내고 스승을 향해 웃을 수 있었다. 하지
만 위로 올라간 그의 입술 꼬리가 덜덜 떨렸다. 당장
통증을 숨길 수는 있어도 다가올 상황에 대한 두려움
을 숨길 수는 없었다.

"침착해라. 어떻게든 공주가 올 때까지 버텨야 한
다."

고개를 주억거리는 브살렐의 앳된 얼굴을 보며, 누
비아 사람의 가슴도 먹먹해졌다. 수십 년 전의 어린
아이가 젊은이의 얼굴 위로 겹쳐 보였기 때문이었다.
그날 아버지가 자기를 어떻게 바라보셨을지, 그분의
마음이 어땠을지 알 것 같았다.

"신관님들이 들어오십니다!"

누군가의 외침과 함께 민머리에 투명하리만치 얇은
흰 천을 몸에 휘감은 사람들이 줄줄이 들어왔다. 네

햇빛은 달콤하고, 비는 상쾌하고, 바람은 시원하며,

명의 부제들이 앞장을 섰고, 그 뒤로 얼굴에 주름이 자글자글한 노인들이 젊은 사제들의 부축을 받으며 따르고 있었다. 노인들은 프타신전의 원로들로서 대신관이 후계자를 지명하지 못한 상황에서 차기 대신관을 세우는 임무를 맡은 사람들이었다. 그러므로 부제들에게 이번 재판은 자신들의 탁월함을 보여줄 절호의 기회였다.

"저놈들을 일으켜 세워라."

성질이 급한 우파가 먼저 나서자 나머지 세 부제가 일제히 눈살을 찌푸렸지만 아무도 입을 열지 않고 조용히 자기 자리에 앉았다.

"감히 지혜로우신 프타님의 은총을 배신하다니! 네놈들을 어떻게 해줄까? 나일강의 물고기 밥을 만들어서 영원히 어둠 속을 떠돌게 해줄까?"

"어허, 너무 성급하구려. 이놈들을 죽이는 것이야 언제든 할 수 있는 일이오. 우선 대신관님의 갑작스러운 죽음에 대한 진상부터 조사해야 하지 않겠소?"

"내 생각도 그렇소. 우파 부제가 왜 저렇게 서두르는 지 모르겠군. 뭔가 우리가 모르는 내막이라도 있는 것이오?"

"뭐요? 내막이라니, 그 말은 내가 대신관님의 죽음에 관련이라도 있다는 말이오?"

"내가 그런 말을 한 적이 없는데 왜 화를 내시오? 혹시 당신 말대로 어제 밤일에 관련이 있는 것이오?"

"이, 이, 좋소! 그럼 당신들이 먼저 저놈들을 조사하시오. 당신들은 얼마나 잘하는지 내 두고 보리다."

성질만 급했지 말솜씨가 부족한 우파는 하마디와 베스의 합동 공격을 견디지 못하고 단상에서 물러났다. 둘 사이에 어떤 밀약이라도 있었는지, 하마디와 베스는 서로 마주 보고 미소를 지었다. 하마디가 자기 자리에서 일어나 앞으로 나서자, 베스는 침묵을 지키고 있는 세베크를 힐끗 쳐다보았다. 그는 둘이 연맹을 맺어 대항해야 할 만큼 강력한 상대였지만, 인상을 찌푸린 채 골똘히 생각에 잠겨있는 지금 모습

서로 다른 종류의 좋은 날씨만 있을 뿐. (존 러스킨)_권수리

은 평소와 많이 달라 보였다. 하지만 방심은 금물이었다. 그가 얼마나 교활하고 집요한 인간인지는 지난 30년의 세월이 증명하고 있었다.

"죄인들은 소속을 말하라."

"저는 신전의 청소부입니다."

"저는 신전의 심부름꾼입니다."

"너희는 프타님의 은총 아래 살아가는 자들이다. 그런데 어찌 신전의 제일 사제에게 독수를 썼단 말이냐! 왜 이런 일을 벌인 것인지 낱낱이 고하라."

"우리는 대신관을 죽이지 않았습니다. 그는 언제 죽어도 이상하지 않을 고령이었소. 그런데 왜 그의 죽음을 우리 탓이라고 말하는 것입니까?"

"대신관님은 칼이 가슴에 꽂힌 채로 발견되셨다. 그런 죽음을 보고 자연스럽다고 말할 수는 없겠지."

하마디가 대신관의 비참한 죽음을 입에 올리자, 원로들 사이에서 웅성거리는 소리가 커졌다. 하마디가 경솔하다고 느낀 베스가 지원하기 위해 나섰다.

"막내 제자 자리에서 쫓겨난 네놈이 앙심을 품고 있다가 어르신을 해친 것이 아니겠느냐? 그리고 도망갈 기회를 노리면서 공방에 숨어 있었겠지. 대신관 님이 전쟁터에서 오갈 데 없던 너를 거두어 주셨건만, 네놈은 은혜도 모르고 지난 30년 동안 복수의 칼만 갈고 있었으니, 네놈이야말로 인간 말종이 아니고 뭣이겠느냐?"

"흠흠. 고맙소. 원로들께 아룁니다. 이제 모든 진상이 드러났으니, 이놈들의 육신을 완전히 태워버려서 영혼마저 오갈 데 없이 만드는 벌을 내려 주십시오."

하마디와 베스가 원로들에게 허리를 숙이자 원로 중에 몇몇이 고개를 끄떡였다. 세베크는 고개를 끄떡이는 원로들이 누구누구인지 일일이 머리에 새겨놓은 후, 천천히 자리에서 일어났다.

"신속하게 문제를 해결하는 하마디 님의 지혜에 감탄을 금할 수 없습니다. 그러나 이번 일은 이대로 끝내기에 석연치 않은 점이 있습니다. 저는 저놈들을

직보다 엄을 가꾸며 살자.

체포한 후, 공방을 샅샅이 뒤져보았습니다."

"그래서 뭔가 특별한 것이라도 찾았소?"

하마디가 성급하게 묻자, 세베크의 얼굴에 작은 미소가 나타났다. 베스는 세베크가 말을 끊고 미소를 짓자 인상을 찌푸렸다. 저 교활한 작자가 세 치 혀로 어떤 마술을 부릴지 모르니 정신을 바짝 차려야 했다.

"아뇨, 특별하다고 할 것은 전혀 없었습니다."

하마디에게 대답하면서도 세베크의 얼굴은 누비아 사람을 향하고 있었다. 검은 얼굴이라 더 크고 희게 보이는 눈동자 두 개가, 혼이 빠져나간 사람처럼 바닥에 주저앉은 젊은이를 힐끗 본 후 세베크와 눈을 맞췄다. 세베크가 천천히 고개를 끄떡였고, 거의 동시에 누비아 사람도 고개를 끄떡였다.

"뭐요? 특별한 것이 없는데 석연치 않다? 도대체 그게 무슨 소리요?"

"그렇습니다. 30년을 준비한 복수라고 하기에는 특별한 것이 없어서 이상합니다. 심지어 공방에는 먹을 것조차 없었습니다. 탈출하기까지 며칠이 걸릴지 모르는데 아무것도 준비하지 않았다니, 이상하지 않습니까?"

"그럼 세베크 님의 생각은 무엇이오?"

"베스 님이 제 생각을 물어봐 주시니 감사합니다. 제 생각에는 저들의 뒤를 봐주는 사람이 있을 것 같습니다. 저는 우리 중에 저들의 동업자가 있다고 생각합니다."

세베크의 대답이 있고 난 뒤, 장내는 폭풍이 몰아치는 것처럼 소란스러워졌다. 특히 성질이 급한 우파가 길길이 날뛰었고, 하마디도 만만치 않게 소리를 질렀지만, 얼굴이 하얗게 질린 베스가 다독이고 있어서 세베크에게 달려들지는 않았다. 혼돈의 시간이 지난 후, 원로들 중에 하나가 떨리는 목소리로 세베크에게 물었다.

"세베크 님, 당신은 자신의 말에 책임질 수 있습니까?"

 "예, 저에게 저놈들을 심문할 시간을 좀 주신다면, 배후가 누구인지 반드시 찾아내겠습니다."

 "우리는 세베크 님에게 자신의 발언을 책임질 시간을 주기로 했소. 그러나 세베크 님이 내일 아침까지 저들의 배후를 찾아내지 못한다면, 창조와 지혜의 신 프타님의 종들을 모욕한 대가로 우리 신전에서 영원히 축출될 것이오."

 세베크가 허리를 깊게 숙인 동안, 몇몇 원로들이 그의 앞을 지나가며 투덜댔다. 그때마다 그의 허리를 더욱 깊게 숙였지만, 단 아래에 서 있던 브살렐은 세베크가 웃는 것을 똑똑히 볼 수 있었다. 그것은 진정됐던 브살렐의 떨림이 다시 시작될 만큼 차가운 미소였다.

17. 접착의 비밀

"황금풍뎅이라니, 정말 놀랐어."

"저는 세베크 님이 무슨 말씀을 하시는지 모르겠습
니다."

"이봐, 예전에 우린 친구 사이였잖아? 내가 아니었
으면 저 아이만이 아니라 자네까지도 죽었어. 너무
딱딱하게 대하지 말라고."

"… 그래서, 내게 절을 받고 싶다는 건가?"

"하하하, 바로 그거야. 절은 필요 없고, 이제부터
옛 친구끼리 편하게 이야기해 보자고."

"실없는 소리 그만하고 원하는 것을 말해."

"하하, 역시 넌 말이 통해. 만약 네가 지금도 대신 관의 막내 제자였다면 가장 힘겨운 상대였을 거야." 세베크는 진심으로 그렇게 생각했다. 그는 즉시 웃음 기를 거두고 작은 소리로 속삭이기 시작했다. 오랫동 안 계속되는 속삭임이 지겨울 만도 한데, 누비아 사 람은 한마디의 질문조차 하지 않았다. 다만 시간이 갈수록 더욱 깊어지는 미간의 주름이 감출 수 없는 그의 마음을 대신하고 있을 뿐이었다.

***

"부제님이 뭐래요? 설마 내일 처형되는 건 아니 죠?"

"왜, 죽을까 봐 무섭냐? 내가 무슨 일이 있어도 네 놈 목숨을 지켜줄 것이니, 걱정하지 마라."

"제가 아저씨를 지켜야죠. 스승님인데요."

"네놈이 날 스승으로 대하겠다니 고마운데, 정작

나는 너에게 가르쳐 준 것이 하나도 없구나."

"아니에요. 아저씨는 저에게 장인의 정신을 가르쳐 주셨어요. 그것이야말로 진정한 가르침이지요."

"그래도 스승 소리를 들으려면 뭐라도 하나 전해줘야지. 난 프타신전의 신성한 비밀을 많이 배우지 못했어. 그래서 내가 가르쳐 줄 것이 뭐가 있을까 고민했는데 어릴 때 아버지의 공방이 기억나더구나. 아버지가 만든 그릇들은 워낙 뛰어나서 누비아의 왕실에서도 인기가 높았다. 그런데 카르마의 왕족들만 우리 아버지를 찾는 것이 아니었어. 밤에는 왕궁의 하인들이 깨진 그릇이나 물병을 들고 몰래 찾아오고는 했지. 주인이 아끼는 물건을 깨뜨린 노예는 심한 매질을 당한다. 그러다 더러는 죽기도 하고. 아버지는 그들을 돕기 위해 애를 많이 쓰셨다. 그렇게 만들어진 아버지만의 비법들이 있는데, 그걸 너에게 전해주고 싶다."

"도자기를 굽는 법인가요?"

"아니다. 접착제를 사용하는 법이지."

내 자녀에게 물려주고픈 단 하나는, 인생의 가치이다!

"예?"

"하하하, 아무리 뛰어난 도자기 장인이라도 똑같은 그릇을 만들 수는 없어. 그릇은 흙을 물에 개어 바람에 말린 후 불에 구워서 만든다. 흙, 물, 바람, 불은 모두 신들의 영역이라, 어느 하나도 인간이 마음대로 할 수 없어. 그래서 똑같은 사람의 손에서 만들어진 그릇들이라도 서로 다 다른 것이다. 그러나 깨진 그릇을 고치는 것이라면 다르지. 사람의 눈만 속이면 되니까."

"저런, 최고의 장인이 눈속임이라니! 앗, 죄송해요."

"물론 영혼의 집을 만드는 사람이 거짓된 물건을 만들 수는 없다. 그러나 진정한 영혼의 집은 사람이란다. 장인이 잊지 말아야 할 것은 사람이 물건보다 소중하다는 것이다."

브살렐은 스승의 말에서 고통이 묻어나는 것을 느꼈다. 그것은 황금색 유리의 비밀을 캐내려던 대사제의 욕심에 희생된 사람들의 흐느낌이었다.

주님으로 인해 얻게 된 삶의 가치 말이다!!_이순형

"예 스승님. 저는 어떠한 일이 있더라도 물건 때문에 사람을 희생시키지 않겠습니다."

"그래, 뭘 만들든 사람을 이롭게 하는 것을 만들어라. 그리고 접착의 비밀은 깨진 그릇을 고치는 데만 필요한 것이 아니야. 도저히 섞일 수 없는 이질적인 재료를 하나로 붙인다는 것은 두 개의 우주를 서로 소통하게 하는 기적을 행하는 것과 같단다."

"두 개의 우주를 소통하게 한다고요?"

"하늘과 땅, 신과 인간, 삶과 죽음 …"

"깎고 다듬고 붙이는 것이라면 몰라도, 그런 말은 제게 너무 어려워요."

"지금 모든 것을 이해하지 않아도 된다. 네가 장인의 길을 걸어가다 보면 저절로 알게 될 테니."

검은 스승은 자기에게 주어진 시간이 얼마 남지 않았다는 것을 알기에 마음이 조급해졌다. 세베크가 그에게 허락한 시간은 하룻밤뿐이었다. 이 밤이 지나면 다시는 비밀을 전할 기회가 없는 것이다.

이창성 정하·안성 이도진 이지선 김정희, 행복과 기쁨이 넘치는 가정되길…

"지렁이를 삶고 조린 물에 석회가루를 섞으면 깨진 그릇 조각을 붙일 수 있다. 여기에다 밀가루를 넣으면 더 단단해진다. 대신 물을 담는다면 접착 부분이 물에 잠기지 않도록 조심해야 한다. 느릅나무의 흰 껍질을 짓찧어서 나온 즙에 송진 조금, 올리브기름 약간, 그리고 돌가루나 조개가루를 섞어서 색을 맞추면 색깔이 있는 대리석 조각도 감쪽같이 붙일 수 있다."

"송진은 그 노란 덩어리죠? 불이 잘 붙고 손에 묻으면 끈적이고 검게 변하던."

"그래 맞다. 송진을 그냥 넣으면 섞이지 않으니 반드시 불에 달궈서 넣어야 한다. 역청도 알지? 역청은 나무의 틈새를 메우거나 유리를 붙이는데 좋은 재료지만, 대신 잘 마르지 않아서 오래 기다려야 하고, 색이 어두워서 눈에 띄는 곳에 사용하기가 어렵다. 그래도 물이 스며들지 않으니 활용가치가 높다. 유리나 보석을 금판에 붙일 때는 벌집을 이용해라. 벌집에 직접 불을 대면 안 된다. 꼭 그릇에 담아서 중탕으로 녹여야 한다. 벌집 녹인 물에 쇳가루를 섞어서 바르면 더욱 단단하게 붙는다. 특히 이건 투명해서 좋지."

누비아 사람은 밤을 새워가며 자기가 아는 모든 것을 브살렐에게 전했다. 그렇게 카르마의 도예 장인에게서 시작된 물질의 접착과 소통의 비밀이 시간과 공간을 돌고 돌아 프타신전의 감옥에 갇힌 어린 히브리 장인에게 전해졌다.

사랑하는 우리 가족 건강과 행복하길 바라며~

18. 거짓 자백

"심문을 시작하시오!"

연단의 뒤에 앉은 원로 중에 누군가가 외쳤다. 그 외침이 신호였는지, 세베크가 잔뜩 상기된 얼굴로 자리에서 일어나 앞으로 나왔다. 프타신전에서 가장 교활한 인물로 여겨지는 세베크지만, 지금처럼 신전의 사람들이 가득 모여 있는 상황에서는 그도 긴장하지 않을 수 없었다.

"존경하는 원로님들과 부제님들, 그리고 이집트 최

고의 영예를 가진 프타님의 집에 속한 모든 형제 여러분. 저는 오늘 대신관님의 끔찍한 죽음에 관한 진실을 알려드리기 위해 이 자리에 섰습니다."

세베크의 말은 웅덩이에 던져진 돌멩이처럼 큰 파장을 일으키며 사람들 사이에 퍼져 나갔고, 갑자기 사람들의 웅성거림을 뚫고 날카로운 소리가 날아들었다.

"당신은 정말 우리 중에 대신관님의 죽음에 대한 배후가 있다고 생각하는 거요?"

"하마디 부제님이시군요. 대신관님의 죽음에 배후가 있다는 것은 생각이 아니라 사실입니다."

"뭐야? 지혜의 원천이신 프타님의 사람들을 모독하다니! 네놈이 단단히 미쳤구나!"

"저는 원로들의 허락을 받고 이 자리에 서 있습니다. 함부로 말하지 마시지요."

거친 숨을 몰아쉬며 당장 달려들 듯하던 하마디였으나, 옆에 있던 베스가 옷자락을 잡아당기자 마지못

우리 집 가훈 (아내가) '주는 대로 먹는다' 훈련되면

해하며 자리에 앉았다. 어제에 이어 노골적인 둘의
모습이 또 나오자 신전의 모든 사람이 하마디와 베스
가 동맹을 맺었다는 것을 알아차렸다. 가장 늦게 뭔
가를 깨달은 우파가 눈알을 부라리며 두 사람을 노려
보자, 베스는 쓴웃음을 지으며 시선을 피했다.

"세베크 부제님은 원로들과 여러분들 앞에서 자기
가 한 말에 책임을 지겠다고 약속하였소. 그러니 다
들 인내심을 갖고 세베크 부제님이 어떤 결과를 가지
고 이 자리에 섰는지 들어봅시다."

"원로님의 말씀에 감사를 드립니다. 이제 죄인들을
심문하겠습니다."

허리를 꼿꼿이 세운 덩치 큰 흑인이 경비병들에게
둘러싸여 들어오자 세베크의 눈이 살짝 찌푸려졌다.
죄인이 지나치게 당당하면 진술에 신빙성이 떨어질
수 있었다. 그 옆의 젊은 히브리 사람이 가냘픈 몸을
계속 떨고 있어서 전체적으로는 엄숙한 재판정의 분
위기로 보이기도 했다.

(하나님이) '주시는 대로 먹는' 자족하는 삶을 살지 않을까?_배목사

"너희는 언제부터 대신관님의 공방에 숨어있었느냐?"

"이틀 전 자정에 공방에 들어갔소."

한순간 브살렐의 떨림이 딱 멎었다. 저녁 식사를 마치고 잠자리에 든 척했다가 빠져나왔으니, 자정보다는 한참 일렀다. 그런데 왜 자정 무렵이라고 하는지 이해가 되지 않았다.

"자정이라, 꽤 늦은 시간이군. 그럼 그전에는 어디서 무엇을 했느냐?"

"이제 와서 무엇을 숨기겠소? 우리는 대신관의 방에 있었소."

"아저씨!"

깜짝 놀란 브살렐이 큰소리로 외쳤지만, 그의 목소리는 멀리 뻗어나가지 못하고 재판정에 가득 모여 있던 사람들의 거대한 웅성거림에 묻혀 버렸다.

"조용! 조용히 하시오!"

하나님의 은사와 부르심에는

누군가가 외쳤으나 소용이 없었다. 뜨거운 사막의 바람이 파피루스로 가득한 나일강변을 쓸고 지날 때처럼 웅성거림이 지하 공간의 벽들을 마구 두드려댔다. 세베크는 만족스러운 웃음을 지으며 소음이 가라앉기를 기다렸다가 입을 열었다.

"네가 대신관님을 죽였느냐?"
"아니오. 나는 죽이지 않았소."
"그럼 저 아이가 했겠구나."
이번에는 침 삼키는 소리까지 들릴 만큼 조용해졌고, 사람들이 이쪽에서 저쪽으로 몸을 틀어대는 통에, 옷자락이 쓸리며 바스락거리는 소리들이 공간을 채웠다. 브살렐은 사람들의 시선을 한 몸에 받고 있었지만, 정작 그의 눈은 스승의 검은 얼굴만 쳐다보고 있었다. 애처롭게 벌어진 그의 입에서 말 대신 침이 흘러내렸다.

"그런 게 아니오. 나는 대신관이 죽으면 순장될 것

후회하심이 없느니라.(로마서11:29)_베이커스필드 박목사이 뻔해서 도망치려고 했소. 이 아이는 도망치기 싫다고 했지만, 내가 강제로 따라오게 했소. 그러나 멤피스에서부터 쿠시까지는 너무나도 머나먼 길. 사람들에게 여행에 필요한 것들을 얻으려면 교환할만한 물건이 있어야겠다는 생각이 들었소. 그래서 대신관의 방에 들어가게 된 것이오. 곧 죽을 늙은이가 좋은 것들을 많이 가지고 있어 봐야 무슨 소용이 있겠소?"

"아직 누가 대신관님을 죽게 했는지 말하지 않았다."

"이제 다 말하겠소. 그러니 조금만 더 내 말을 들어주시오. 내가 저 아이를 끌고 방에 들어갔을 때, 대신관님은 자고 있었소. 그런데 뭔가를 훔치기도 전에 구석에 숨어야 했소. 왜냐하면, 누군가가 그 방에 들어왔기 때문이오."

"오!", "저런!"

누비아 사람의 말에 빠져든 군중이 재판정이라는 것도 잊고 흥미진진한 얼굴로 그의 다음 말을 기다렸다.

"그 사람이 들어오자, 마치 그 사람을 기다리기라도 했던 것처럼, 대신관이 침대에서 일어나 앉았소. 어쩌면 대신관은 우리가 들어온 것도 처음부터 알고 있었는지도 모르오. 아무튼, 대신관은 그 사람과 차분하게 대화를 나눴소. 그러다가 뭐가 마음에 들지 않았는지, 그 사람이 소리를 질렀고, 이내 말다툼이 되고 말았소."

"그 사람이 누구였느냐?"

성질이 급한 우파가 궁금증을 참지 못하고 소리를 질렀지만, 다들 같은 마음이었던지라 누비아 사람이 누구의 이름을 댈지 조바심을 내며 쳐다보았다.

"그는 베스 부제요."

"거짓말! 이건 거짓말이오. 이놈, 무슨 미친 소리를 하는 것이냐?"

가늘고 날카로운 목소리가 공기를 갈랐다. 사람들이 일제히 소리가 난 곳을 향해 몸을 돌려댔기에, 바퀴벌레로 가득한 동굴에서나 날법한 바스락 소리가

선영씨! 수고했어요 고마워요 사랑해요_지민, 고은 아빠♡

한동안 이어졌다.

"여러분 모두 진정하시오. 아직 이자에 대한 심문
이 끝난 것이 아니오."

세베크의 말에 다시 바스락 소리가 한동안 이어졌
지만, 하얗게 질린 베스에게 시선을 고정한 채, 움직
이지 않는 사람이 있었다. 베스는 자기를 뚫어져라
쳐다보고 있는 하마디를 향해 고개를 가로저었다. 하
마디가 고개를 끄덕이자, 베스는 작은 한숨을 내쉬었
다. 아직 동맹은 유효한 것이다.

"이놈은 거짓말쟁이요. 우리가 왜 이자의 말에 놀
아나야 하는 것이오?"

"하마디! 당신이 베스와 함께 모의한 것이 아니라
면 가만히 있으시오. 이자의 말을 끝까지 들어보고
난 다음에 할 말이 있으면 그때 하면 될 것이오. 베스
부제, 안 그렇소?"

우파가 논리 정연한 말로 하마디를 나무라자 사람

자비로우신 하나님께서는 뭔가 훨씬 더 좋은 일을

들이 어리둥절해했다. 사람들 속에서 역시 대신관의 제자들은 뭔가 남다른 데가 있다는 소리도 들렸다. 베스도 적잖이 놀랐다. 그가 우파와 하마디에게 따로 따로 동맹을 제의했지만, 성질만 급하고 어리석기 짝이 없는 우파가 자신의 양다리 전술을 눈치채지 못할 것이라고 확신하고 있었다. 그러나 이제 와서 보니, 자신이야말로 천하의 바보였다.

"만약 대신관님의 제자들을 모함했다가는 네놈들을 산 채로 맷돌에 갈아버릴 것이다. 그다음은 어떻게 됐느냐?"
세베크가 재촉하자, 누비아 사람의 두툼한 입술이 다시 열렸다.

"대신관이 '네놈에게 무슨 권리가 있다고, 후계자로 지명해달라고 하느냐?'라고 말하자, 베스 부제가 '나는 황금풍뎅이를 가지고 있습니다.'라고 말했소."
"황금풍뎅이라고?"

"죽은 자도 살린다는 프타신전 최고의 마법!"

"대신관님만 알고 있다는 비밀 중에 비밀!"

사람들의 무관심 속에서 어두운 침묵으로 30년을 보낸 사람이 지난 세월을 보상받기로 한 모양이었다. 누비아 사람의 말 한마디, 한마디가 프타신전의 모든 구성원을 뒤흔들었다.

"대신관은 베스 부제의 말에 큰 충격을 받은 것 같았소. 황금유리 제조법을 잃어버린 대신관이라는 오명을 벗기 위해 평생 찾아 헤맸던 비밀이 자기 턱밑에 있었다니 얼마나 놀랐겠소?"

"죄인은 본 것만 말하라! 어찌 죄인이 위대하신 프타님의 최고 사제를 욕되게 하는가?"

"흠. 베스 부제는 품에서 뭔가를 꺼내서 대신관에게 보여주었소. 대신관이 '정말 네가 이걸 만들었느냐?'라고 묻자, 베스 부제는 '그렇습니다.'라고 말했소."

"그게 뭐였느냐? 정말 황금풍뎅이였느냐?"

"모르오. 내가 숨었던 곳에서는 거리도 있고, 일어나 앉은 대신관에 의해 가려지기도 해서, 그 물건을 보지 못했소."

"계속하라."

"갑자기 대신관이 베스 부제가 준 물건을 집어던지며, '이놈, 네가 무슨 짓을 했는지 알고나 있느냐? 네놈이 아톤의 저주받은 풍뎅이를 되살렸구나!'라고 소리쳤소. 베스 부제는 매우 당황해하며 대신관 앞에 엎드렸지만, 대신관의 분노를 잠재우지는 못했소. '네놈이 아톤의 잔당이라는 것을 이미 알고 있었다. 감히 아톤의 추종자가 프타신전을 넘보다니! 썩 돌아가라. 내 오늘밤 일을 절대 좌시하지 않겠다!' 극도로 흥분한 대신관이 마구 소리를 지르자, 엎드려 있던 베스가 일어났소. 그리고 품속에서 칼을 꺼내더니, 그걸로 대신관의 가슴을 찔렀소."

"아니오!"

베스가 내지른 외마디 비명 같은 소리가 웅성거리던 사람들의 귀를 울릴 때, 세베크는 자기가 의도한

별이 아름다운 건 만나야 할 꽃이 있기 때문이다_meethim

대로 흘러가는 것에 대한 만족감이 묻어있는 미소를
지었다.

"저자가 자신의 죄를 감추려고 모함을 하는 것이
오. 어찌 저런 근본 없는 청소부의 말만 듣고 신관을
의심할 수 있단 말이오?"

"저도 하마디 님의 말씀에 동의합니다. 그러나 진
술이 있었으니 확인을 하지 않을 수도 없는 법. 누군
가가 가서 베스 님의 방을 확인해보고 오면 좋겠습니
다."

"내가 가겠소."

"이런, 당신은 이미 베스와 한편이잖소? 우리가 당
신을 어떻게 믿겠소?"

"뭐야! 우파 당신은 지금 나까지 의심하고 있는 것
이오?"

"자, 진정하십시오. 제 생각에는 하마디 님과 우파
님이 신전의 병사들과 함께 다녀오시면 좋겠습니다.
그리고 베스 님, 죄송하지만 당신은 여기서 기다리셔

예쁜 모습은 눈에 남고 멋진 말은 귀에 남지만 따뜻한 베풂은 가슴에 남는다.

야 합니다."

"세베크, 네놈이 무슨 수작을 부리는 것인지 모르
겠다만, 내가 그렇게 호락호락 당할 줄 아느냐?"

베스가 세베크를 향해 이를 갈면서도, 그의 얼굴에
서 지워지지 않는 옅은 미소를 보자 스멀스멀 피어오
르는 불안감에 심장이 조여지는 것 같았다.

가슴이 따뜻한 사람이 많은 세상을 꿈꾼다_김기준

19. 황금풍뎅이의 기원

"원로원의 현명하신 어르신들에게 여쭙니다. 저자가 대신관님의 방에서 들었다는 '아톤의 저주'라는 것이 무엇입니까?"

"허, 백 년이 지났는데도 아톤의 이름을 다시 듣게 되다니, 정말 무섭구나."

지금까지 말없이 지켜보기만 하던 원로 중에서 장탄식이 터졌다. 그는 원로 사제 중에 최고 연장자인 아누비스였다.

"창조주 프타님의 가장 친한 벗이요, 모든 신관의 아버지이신 아누비스 님의 만수무강을 빕니다. 아누비스 님은 아톤의 저주가 무엇인지 아십니까?"

　아누비스는 세베크의 정중한 부탁을 예상하기라도 했던 것처럼, 고개를 끄떡였다.

　"헐헐, 어린 재판관이여, 백 년 전에 아톤은 두 개의 이집트를 내려다보는 태양이었소. 잔인한 아톤은 자신의 열기로 이집트의 신들을 모두 태워버리려고 했지. 죽음의 어둠 속에서 깊은 잠에 빠진 아톤을 깨우지 마시오. 태양빛 아래서는 그의 지워진 이름을 불러서도 안 된다오. 빛은 그의 이름이고 힘이니까."

　"무슨 말씀인지 잘 모르겠습니다. 어리석은 후배를 위해 설명을 해 주십시오."

　"라의 아들, 람세스 1세께서 이집트에 새로운 질서를 세우기 전이었소. 그 당시 이집트는 아톤의 종으로 자처하는 아크나톤이 지배하고 있었소. 아크나톤은 욕심이 지나친 파라오였소. 그는 아톤이 이집트의 유일신이 되길 바랐거든."

"아크나톤은 정말 무모한 파라오였군요. 이집트 곳곳에 세워진 신전과 기념물이 신들의 존재를 증명하고 있는데, 어떻게 아톤이 유일신이 될 수 있겠습니까?"

"헐헐, 당신은 나일강의 악어처럼 정말 똑똑하구려. 하지만 아크나톤도 그걸 모를 리가 없지. 파라오는 자기의 권능을 사용해서 모든 신전을 폐쇄했고, 파라오의 군대가 이집트 전역의 신전과 기념물을 찾아다니면서 돌에 새겨놓은 신들의 이름을 지웠소."

"우리 프타신전도 피해를 보았다는 말입니까? 설마 이집트에서 가장 오래된 프타신전을 모욕하지는 않았겠지요?"

"우리는 더욱 좋지 않았소. 프타님의 이름이 있던 자리에 아톤의 이름이 새겨졌으니까. 그날부터 우리는 수십 년간 아톤의 신전이었다오."

"이곳은 창조의 신, 프타님의 신전이오, 그분의 종들이 머무는 집입니다. 어르신도, 원로들도, 여기 저

언제부턴가 익숙함에 멈춰 아쉬워도 변화를 포기한다.

와 제 동료들도 모두 프타의 종입니다. 우리의 집이 아톤의 이름으로 불렸던 시절이 있었다니, 저는 믿을 수가 없습니다."

젊은 신관들 가운데 하나가 신전의 법도를 깨고 소리를 질렀지만, 누구도 제지하지 않았다. 젊은 신관들뿐만 아니라 나이가 있는 신관들도 아누비스의 이야기에 매우 놀랐기 때문이었다.

"흠. 오랜 역사를 가진 프타신전이 아톤의 신전이었던 적이 있었다니, 듣고도 믿기 어려운 말씀이군요. 조금 더 자세하게 이야기해 주실 수 있는지요?"

누비아 사람은 침착하게 상황을 주도해 나가는 세베크를 보며 쓴웃음을 지었다. 지금 벌어지고 있는 일들이 모두 저 인간의 머릿속에서 나온 것이었다. 그가 왜 프타신전의 수치스러운 역사를 들추고 있는지 의심스러웠지만, 어차피 돕기로 한 일이었으니 무슨 수작을 벌이고 있는지 지켜보기로 했다.

어쨌거나 시도를 해야 지금의 나보다 한 발자국 앞설 수 있다_문성은

"생명의 근원인 태양으로부터 무한한 힘을 공급받는 아톤에게도 약점이 있었소. 태양이 어둠에 삼켜진 밤은 아톤에게도 두려운 시간이지. 파라오는 밤에도 태양의 기운을 뿜어내는 기물을 구해오라고 명령했지만, 세상 어디에 그런 기물이 존재하겠소? 약간의 가능성이라도 있다면, 오직 하나, 창조의 비밀을 간직한 프타신전뿐이었소. 그래서 아톤의 사제들이 우리 신전을 강탈한 것이오."

"그들은 헛수고했겠군요. 프타의 종들이 신전의 비밀을 발설할 리가 없으니까요."

"헐헐, 정말 그렇게 생각하시오? 그럼 그대는 왜 이 자리에서 재판을 주재하고 있는 것이오? 우리 중에 배신자가 있다고 말한 것은 바로 당신이오."

"저는 배신자가 아닙니다. 저는 억울합니다."

아누비스는 억울함을 호소하는 베스에게 눈길도 주지 않고, 세베크만 쳐다본 채 이야기를 계속 이어갔다.

"나는 선한 싸움을 싸우고 나의 달려갈 길을 마치고 믿음을 지켰으니,

"물론 많은 신관이 비밀을 간직한 채 죽었소. 그러나 고문과 회유에 넘어간 신관들도 적지 않았지. 그들은 모두 아톤의 종이 되어 아케나톤을 위해 봉사했소."

"그들은 태양의 기운을 담은 기물을 창조하는 데 성공했습니까?"

"성공했지요. 배신자들이라고 해서 가진 기술이 떨어지는 자들은 아니었으니까요. 그들은 생명의 근원인 태양의 힘을 빨아들여서, 밤에도 아톤의 기운을 유지해주는 기물, 그래서 간직하고 있는 사람의 생명력을 북돋아 주는 물건을 완성했소. 그것이 바로 황금풍뎅이요!"

프타신전 최고의 비밀이 아톤의 사제들에 의해 만들어졌다는 이야기는 모두를 놀라게 하기에 충분했다. 심지어 누비아 사람과 브살렐도 매우 놀랐다.

"아저씨, 저 할아버지 말이 사실일까요?"

"나도 모르겠다. 사실 나는 세베크와 거래를 했단

이제 후로는 나를 위하여 의의 면류관이 예비되었으므로

다. 세베크는 베스를 범인으로 지목해주면, 우리를 도와주겠다고 했어. 그런데 일이 이렇게까지 크게 될 줄은 몰랐구나."

"하지만 황금풍뎅이는 공주가 고쳐달라고 부탁한 거잖아요?"

"쉿, 우리는 황금풍뎅이에 대해 아무것도 모르는 거야. 그것도 세베크와의 거래 조건이다."

브살렐은 아누비스의 말을 듣고 혼란스러움을 느꼈다. 신에 대한 경외심 없이 만들어지는 물건에 무슨 힘이 깃들겠는가 싶다가도, 장인의 솜씨는 중립적이라, 뭐를 만들든 알게 뭔가 싶기도 했다. 브살렐은 스승에게 물어볼 말이 많았지만, 때마침 베스의 방을 조사하러 갔던 일행이 돌아왔기 때문에, 더는 이야기를 나눌 수가 없었다.

주 곧 의로우신 재판장이 그 날에 내게 주실 것이며 내게만 아니라

20. 조작된 증거

"다녀왔소!"

앞장서서 들어온 우파가 당당하게 가슴을 세운 채 재판정 앞에 서자, 이내 불안해진 베스가 재빨리 하마디를 찾았다. 그런데 평소 거칠 것 없이 행동하던 그가 웬일로 고개를 푹 숙이고 베스의 눈을 피했다.

"수고하셨습니다. 어떻습니까? 베스 부제의 공방에서 대신관님의 죽음과 관련된 증거를 발견하셨습니까?"

주의 나타나심을 사모하는 모든 자에게도니라." (디모데후서 4:7-8절)_김이환

"발견했소!"

"말도 안 돼! 내가 하지도 않은 일에 대한 증거가 있을 리가 없지 않으냐!"

베스가 거세게 항의를 하자, 하마디는 얼굴을 심하게 일그러뜨렸고, 우파는 자신의 허리를 더욱 꼿꼿하게 세웠다.

"경비병! 너희 손에 있는 물건을 신관님께 보여드려라."

우파의 명령에 병사 중에 하나가 앞으로 나와서 손에 들고 있던 자루를 세베크에게 전달했다. 세베크가 자루에 손을 넣어서 물건을 꺼내는데, 얼마나 천천히 하는지, 혹시 그가 이 순간을 즐기고 있는 것은 아닌가 하는 의심이 들 정도였다. 그러나 자루에서 빠져나온 세베크의 손이 높이 쳐들려졌을 때, 그의 손에서 반짝이고 있는 노랗고 투명한 물건을 보게 된 사람들은, 그들의 마음을 강타한 놀람과 충격으로 인해서, 잠깐의 의심을 저 멀리 던져 버렸다.

"오! 저것은!"

"황금풍뎅이다!"

세베크는 사람들의 동요가 가라앉기를 기다렸다가, 손에 들고 있던 물건을 아누비스에게 전달했다. 아누비스의 손이 덜덜 떨렸지만, 너무 늙어서 그런 것만은 아니었다.

"어떻습니까?"

"이것은 틀림없는 황금풍뎅이요. 그러나 풍뎅이를 다듬은 솜씨는 매우 조잡하구려."

"그럴 수밖에 없을 겁니다. 베스 부제님은 뜨거운 유리에 조각해 본 경험이 없을 테니까요."

"아냐! 저런 것이 내 공방에서 나올 리가 없어. 난 저런 것을 만든 적이 없다고. 그래, 맞아. 세베크 너야말로 유리장인이잖아. 저건 네놈이 만든 거야. 그래놓고 나를 모함하는 거라고!"

세베크는 베스의 울부짖음이 끝나기도 전에, 엄하게 자기 말을 이어갔다.

"증거가 나왔는데도 타인에게 죄를 전가하다니, 정말 뻔뻔하구려! 이 자리에는 프타신전의 형제들이 모두 모여 있으니, 형제들에게 물어보겠소. 여러분, 유리장인인 제가 저 물건을 만들었다면, 저렇게 조잡한 모양으로 만들었겠습니까? 그것도 등판에 커다란 구멍을 내는 실수까지 저지르면서요?"

"아니오! 유리장인은 결코 저런 조잡한 실수를 하지 않소!"

프타신전에서 유리를 전문으로 다루는 신관들이 이구동성으로 외쳤다.

"나도 보석을 다루는 장인이오. 내가 저런 조잡한 조각을 할 리가 없지 않소! 그래, 쇠를 두들기는 장인 중에 범인이 있소. 그들은 일을 힘으로만 하려고 하지, 섬세함이 떨어지니까. 그렇지 않소?"

베스가 보석을 다루는 신관들을 향해 구원의 눈빛을 던졌으나, 그들은 모두 고개를 돌렸고, 대신 금속을 자르고 두들겨서 물건을 만드는 판금 장인들에게

"디자인신구들"은 참 좋습니다. 승훈이네 가족♥♥_플레로마

서 야유가 터져 나왔다.

"우우, 살인자를 처단하라!"
"저자가 대신관님을 죽였다!"
　유리를 다루는 신관과 금속을 다루는 신관들뿐만
아니라, 어느새 하마디를 수장으로 하는 상감 전문
신관들까지 합세해서 베스를 처단하라고 외치고 있
었고, 어쩔 줄 몰라 하던 보석 장인들만 고개를 떨어
뜨렸다.

"자자, 모두 조용히 하시오. 여긴 지혜의 왕이신 프
타님의 신성한 법정입니다. 더구나 원로들까지 나와
계신 자리가 아닙니까?"
　세베크가 소리를 높이자 소란스럽던 분위기가 가라
앉았다. 하마디는 세베크의 말에 순순히 반응하는 대
중을 보며 쓴웃음을 지었다. 누가 차기 대신관의 자
리에 앉게 될지, 이미 결정 난 듯했기 때문이었다. 하
마디는 베스와 동맹을 맺었던 일을 추궁당하면 남자

大鵬逆風飛 生魚逆水泳_다룬아빠

답게 인정하리라 다짐했다.

"세베크 님, 어서 판결을 내리시지요."

세베크는 우파가 자기를 다정하게 부르자, 뜻밖의 일에 흠칫 놀랐지만, 이내 환한 미소를 그에게 보냈다. 단순한 우파는 이미 자신에게 충성하기로 결정한 듯했고, 이제 한마디만 굴복시키면 된다는 생각에 세베크의 미소가 더욱 짙어졌다. 그를 굴복시킬 방법은 백 가지도 넘었다.

"아닙니다, 우파 님. 이런 중대한 판결을 제가 내리다니요? 저는 억울하게 돌아가신 대신관님의 죽음에 대한 진실을 밝혀낸 것으로 제 소임을 다했다고 생각합니다. 판결은 아누비스 님과 원로원에서 내려 주시지요."

세베크가 재판관의 자리에서 겸손하게 물러나자, 프타신전의 모든 사람이 고개를 끄떡였고, 보석을 다루는 신관들은 가슴을 쓸어내리며 작은 한숨을 내쉬

누구나 견디고 버티는 겁니다.

었다. 베스와 한패로 몰려 엄한 추궁을 당할까 봐 두려움에 떨던 그들에게 세베크의 겸손한 모습이 희망으로 다가왔기 때문이었다.

"헐헐, 이 늙은이보고 이런 중차대한 일에 책임을 지라니, 안 될 말이오. 저자가 대신관을 살해한 것이 틀림없어 보이나, 이일에는 아직 밝혀내야 할 것들이 많이 남아 있소. 저자는 아톤의 저주를 실현시키려고 했던 자이니, 그의 배후에 아톤의 잔당들이 있는 것이 틀림없소. 우리는 저 가증한 배신자를 처단하기 전에, 그를 고문해야 할 것이오. 나는 원로원을 대표하는 늙은이로서, 이 일에 대해 이렇게 결정하기를 권하오. 여러분이 보다시피 세베크 부제에게는 창조와 지혜의 신이신 프타님의 은총이 함께 하고 있소. 이제 그에게 무한한 권능을 부여해서, 프타신전에서 암약하고 있는 아톤의 추종자들을 발본색원하게 합시다."

아누비스의 말은 모두가 바라던 그대로였다. 다시

한번 세베크가 사양했지만, 사람들이 너도나도 다가와서 축하의 인사를 건네는 통에 그의 겸양이 흐지부지됐다.

"나, 세베크는 지금 이 시각부터 우리 프타신전에서 암약하고 있는 아톤의 잔당을 소탕하는 일에 나의 모든 노력과 지혜와 최선을 다 바칠 것을 맹세합니다!"

사람들이 낭랑하게 울려 퍼진 그의 맹세에 환호하는 동안, 병사들은 힘없이 고개를 떨어뜨린 베스를 끌고 나갔다. 마치 우연인 듯이 원로 중에 일부가 끌려 나가는 베스를 향해 안타까운 표정으로 고개를 돌렸고, 그들을 바라보는 세베크의 눈매가 가늘어졌다. 그 눈은 늪에 사는 악어의 눈처럼 은밀하게 웃고 있었다.

21. 아톤의 저주

"기절했습니다."

"깨워!"

간수는 신임 권력자의 짧은 말 한마디에 몸을 부르르 떨었다. 나일강을 꽁꽁 얼리는 추위가 백 년에 한 번 온다는데, 올해가 그해인가 싶을 정도로 차가운 음성이었다. 하지만 얼음은커녕, 눈도 본 적 없는 그의 짧은 인생 경륜으로는 그 차가움을 짐작해 볼 뿐이었다. 간수는 구리로 만든 그릇에 가득 담겨있던 물을 베스의 얼굴에 부었다.

"으음."

"내 말 들리지? 내 말이 들리면 고개를 끄떡이라고. 그래, 잘했어. 뭐? 아, 그거! 네가 그걸 만들었는지 아닌지는 중요하지 않아. 사람들이 그렇게 믿고 있는 것이 문제지. 넌 그저 몇 사람의 이름만 대면 돼. 그럼 편해질 거야. 뭐? 아, 이거 뭐라는지 알아들을 수가 없으니 곤란하군. 그럼 이렇게 하자. 이름은 내가 부르는 거로 하자고. 넌 잘 듣고 있다가 고개만 끄덕이면 돼."

세베크가 나직한 목소리로 누군가의 이름을 대기 시작하자, 간수는 죄수가 고개를 끄덕이는지를 유심히 살폈다. 하지만 그가 보기에는 죄수의 푹 숙인 머리가 흔들흔들하는 모습이 끄덕이는 것도 같고 좌우로 흔들어대는 것도 같아서 긍정인지 부정인지 파악하기가 어려웠다.

"쉬. 고. 싶. 어."

"그래, 수고했어. 이제 편안하게 보내 줄게. 간수!

모세에게 들려주신 지팡이와 여호수아 같은 담대함과

베스 부제님을 모셔라."

"다른 죄수들도 심문하시겠습니까?"

"그래. 이자를 감옥으로 보내고, 그들을 데려오게. 아, 그들은 내게 많은 도움을 준 사람들이니까 함부로 대하지 말고."

간수가 나가자, 세베크는 손에 들고 있던 파피루스를 곁에 있던 노인에게 넘겨주었다.

"모두 여덟 명입니다. 아누비스 님께서 양해해주신다면, 저는 이걸로 프타신전에서 암약하던 아톤의 잔당을 일망타진한 것으로 하겠습니다."

"후, 생각보다 많구려. 정말 이 정도로 만족하는 것이오?"

아누비스는 세베크로부터 넘겨받은 파피루스를 다시 들여다봤다. 종이에는 낯익은 원로 신관들의 이름이 신성문자로 기록되어 있었다. 대부분 베스를 대신관 후보로 밀던 자들이지만, 그중에 한둘은 하마디를 후원하던 사람이었다. 세베크는 이걸로 하마디의 몸

사도바울 닮은 능력의 사람 되게 하소서.

통에 이빨을 박아 놓은 것이나 마찬가지였으니, 언제라도 그가 몸을 비틀면 하마디의 살점이 떨어져 나갈 것이다. 아누비스는 조용히 고개를 끄떡였다. 이로써 세베크는 완벽하게 프타신전을 장악하게 될 것이고, 테베에 있는 자신의 본가도 멸문의 위협에서 벗어나게 될 것이다.

"그런데 아톤의 저주가 정말 있습니까?"

"왜, 황금풍뎅이를 죽음의 올가미로 사용한 분이 이제 와서 아톤의 저주가 두려워지신 것이오?"

"저를 비난하시는 것 같아 불편합니다."

"헐헐, 늙은이의 사과를 받으려고 하지는 마시오. 가문이라는 인연이 내 영혼을 간신히 붙들어 놓고 있긴 하지만, 그 끈이 그렇게 질긴 것도 아니라오."

"하하하, 너무 노여워하지 마십시오. 미천한 후배가 어르신의 가르침을 구하는 것일 뿐입니다."

아누비스는 자기도 모르게 한숨을 쉬었다. 칼자루를 쥐고 있으면서도 굽힐 때 굽힐 줄 아는 사람이니,

투환 지환이에게도 지혜와 총명과 지식과 여러 가지 재주로

이런 자는 정말 무섭기 때문이었다. 어쩌면 대신관의
참혹한 죽음도 이자의 소행일지 모른다는 생각이 들
었다.

"그대는 황금풍뎅이에 집착하던 선대의 전철을 밟
지 마시오. 그러면 틀림없이 훌륭한 대신관이 될 것
이오."

"계속 이해할 수 없는 말씀을 하시는군요. 황금풍
뎅이의 제작법은 오직 프타신전의 대신관에게만 계
승되어 온다고 했습니다. 그 비밀을 잃어버린 전대의
대신관은 정통성을 의심받기까지 했고요."

"아케나톤이 무적의 파라오로 통치하던 50년은 우
리에게 저주의 시간이었소. 황금풍뎅이가 다시 만들
어지면 이 땅에 아톤의 저주가 재현될 것이오."

"하하하, 무적의 파라오라고요? 지금은 그의 후손
조차 남아있지 않습니다."

"속단하지 마시오. 신은 신전에만 거하지 않아요.
신은 그들을 믿는 사람들의 가슴속에 살아 있다오.

충만하게 하소서...아멘_엄마의 기도

만약 황금풍뎅이가 재현된다면, 어둠에 숨어있던 아톤의 추종자들이 들고일어날 것이오."

세베크는 아누비스의 진지한 말에 웃음이 터질 뻔했다. 풍뎅이의 비밀이 거의 손안에 들어왔는데 여기서 멈출 일이 아니었기 때문이었다. 더구나 황금풍뎅이가 아톤의 추종자들을 거느릴 신물이라니, 예상치 못한 수확이었다.

"죄수들을 데려왔습니다."

"헐헐, 이번 재판에 일등공신들이 왔구려. 세베크님은 저들과 긴히 나눌 이야기가 있으실 듯하니, 이 늙은이는 이만 물러갔으면 하오."

"긴히 나눌 이야기라니요? 누가 들으면 마치 제가 저들과 결탁이라도 한 줄 알겠습니다."

"설마 그럴 리가요? 늙은 몸을 혹사했더니 더는 견디지 못하여서 하는 말이에요."

아누비스는 밀폐된 작은방을 빠져나오면서 약간의 아쉬움을 느꼈다. 그러나 살아있는 권력의 비밀을 가까이서 엿보는 것은 너무 위험했다. 아는 것이 힘이라고 하지만, 지나치게 아는 것은 치명적인 독이 될 수도 있었다. 그가 권력투쟁이 심한 곳에서 장수한 비결은 정점에 서지 않는 것이었다. 이제 그만 이인자로 돌아갈 시간이었다.

긴 시간 함께 추억을 나눈 좋은 친구가 제일 큰~재산이다_정보아

22. 스승의 마음

"아, 넌 이 방이 처음이지?"

세베크가 한껏 친절한 말투로 물어봤지만, 핏자국이 흥건한 바닥에 꿇어 앉혀진 브살렐에게는 귓바퀴를 타고 거미가 기어가는 것 같았다. 근질근질한 느낌에 한바탕 시원하게 긁고 싶었으나 손이 묶여 있으니 고개를 흔드는 것이 고작이었다.

"약속을 지켜라. 세베크."

"이봐, 조심해야지. 그렇게 아무 때나 친하게 굴지

말라고. 이 사람이 내 사람이기 망정이지, 아니면 너 때문에 애꿎은 간수가 죽을 수도 있었어."

두 명의 죄수를 끌어다 놓고 구석으로 물러나 있던 간수가 목덜미로 흐르는 땀을 닦았다. 좁고 밀폐된 공간에 너무 많은 사람이 있어서 내부 기온이 올라간 모양이었다. 여러 번 땀을 훔치는데도 그의 목덜미가 계속 땀으로 흥건했다.

"기쁜 소식을 하나 전해주지. 왕실의 배가 멤피스에 도착했대. 내일이면 너희가 간절히 기다리던 공주를 만날 수 있을 거야."

"아저씨!"

"무슨 소린지 모르겠군. 우린 공주를 모른다."

세베크는 뒤늦게 고개를 푹 숙이는 젊은이의 뒤통수를 내려다보며 득의의 미소를 지었다. 이미 그의 얼굴에 희망이 활짝 피어나던 순간을 지켜봤기 때문이었다.

소원 2.(교통사고 후유증이 빠른 시일 내에 치유되길 바라며)

"이 아이는 정말 순진하군. 난 이런 아이가 좋아. 얘야, 내가 어떻게 공주와의 관계를 알게 됐을까 궁금하지? 사실 조금만 생각해 보면 금방 알 수 있는 문제야. 너흰 대신관의 공방에서 황금풍뎅이를 만들고 있었어. 신전을 빠져나가기 위해 노력해야 할 시간에 말이야. 네놈들이 그렇게나 긴박한 순간에 황금풍뎅이를 만들어야 했던 이유가 뭘까? 황금색 유리의 제조법을 잃어버린 대신관을 위해서? 아니면 네놈들이 아톤의 추종자들이어서? 말도 안 돼. 그러다늘 황금풍뎅이를 갖고 싶어 하던 공주가 생각났어. 그래, 그 공주가 지금 오고 있지. 너희는 황금풍뎅이를 가지고 공주와 협상을 하려고 했던 거야."
두 사람의 표정을 살피던 세베크는 확신에 찬 어조로 다시 말을 이어갔다.

"그런데 조금 전 황금풍뎅이가 없는데도 공주를 기다리는 모습을 보고, 내가 틀렸다는 것을 알았어. 너흰 공주와 협상하려던 것이 아니라, 처음부터 공주의

하룻속히 뛰어다닐 수 있게 하소서_케이트 쑝

사람들이었던 거지."

"마음대로 생각해라. 하지만 나는 풍뎅이 제작에 실패했다. 애초에 내 솜씨로는 불가능한 일이었으니까."

"황금색 유리를 만들었으니, 완전 실패는 아니지. 도대체 뭘 집어넣은 거야?"

"모른다. 한둘이 아니라 이것저것 닥치는 대로 집어넣었는데, 갑자기 황금색 유리가 만들어지더군."

"그걸 유리장인인 나보고 믿으라는 거야?"

"믿고 안 믿고는 네 마음대로 해라. 하지만 그게 사실이다."

"뭐야, 그 태도는. 내가 흥분해서 뭔가 실수하기를 바라는 거야? 아니면 공주가 올 때까지 시간을 끌려는 건가?"

브살렐은 세베크의 말을 듣고 나서야 비로소 스승이 왜 이러는지를 알았다. 누비아 사람은 어린 제자를 보호하기 위해서 자기가 모든 것을 주도했다고 말하고 있었다.

"처음부터 다시 해보면 생각이 날 것도 같다."

"허, 결국 시간을 끌어보시겠다? 어쩌나, 공주가 오려면 아직도 멀었다고. 그래도 시도해 볼 필요는 있겠지. 그래, 자네가 오늘 밤 황금색 유리를 만들어내면 공주를 만나게 해 주겠어. 간수! 이자들을 대신관님의 공방으로 데려가게. 현장검증이 필요해서 말이야."

밤이 늦었는데 현장검증을 하러 간다는 말에 간수의 얼굴이 노랗게 변했다. 하늘처럼 떠받들던 신관 가운데 하나를 고문하느라 마음마저 너덜너덜해져 있던 그는 이제 그만 쉬고 싶었다. 그러나 군소리 없이 죄인들을 호송했다. 그는 이 밤만이 아니라, 앞으로도 계속 살아있고 싶었기 때문이었다.

23. 장인의 숙명

"신에게 제물을 바치지 않는 것인가?"
세베크가 횃불을 들고 화덕 앞에 선 누비아 사람에게 물었다.

"이건 내가 원해서 하는 일이 아니다. 신의 은총이 필요한 사람은 내가 아니지."
"난 이미 프타님의 은총을 입은 사제니까 됐고, 저 아이를 위해서 제물을 바치는 것은 어때? 네가 실패하면 저 아이도 죽는 거라고."

"하나님은 우리와 함께, 우리는 이웃과 함께"_조철한

살려주겠다던 약속을 쉽게 저버리는 말에 누비아 사람이 고개를 살짝 흔들었다. 애초에 약속을 지킬 것이라고 기대하지 않았는데도 실망스러웠다. 그는 브살렐을 힐끗 쳐다본 후, 아무 말 없이 화덕에 가득한 장작에 불을 붙였다.

***

"열 번 모두 실패야. 나를 화나게 하려고 이러는 거라면, 그건 대성공이고."

"휴, 재료들의 배합이 워낙 미묘해서 말이야. 금가루와 구리가루의 조합이었다는 것은 알겠는데, 그 비율을 영 모르겠군."

"난 네놈의 말을 못 믿겠어. 내가 이 조합을 실험해보지 않았을 것 같아?"

"흥, 그럼 직접 하던지. 나도 우연히 된 거라고 이미 말했을 텐데?"

티격태격하는 두 사람 곁에 크고 작은 유리 덩어리

하나님을 사랑하는 것이 최고의 자기애다.

들이 식어가고 있었다. 그것들은 녹색, 보라색, 푸른색, 붉은색의 다채로운 빛깔로 영롱하게 반짝였지만, 노란 황금색은 어디에도 보이지 않았다.

"내가 네놈의 형편없는 기억을 되살려 주지. 이봐, 꼬마야, 이리 와 보렴."

역청과 장작을 나르고 심부름을 수행하느라 땀으로 흥건한 브살렐이 비칠거리며 화덕 곁으로 왔다. 그는 지금도 소다석가루가 담긴 무거운 자루를 가냘픈 어깨에 짊어지고 있었다. 하지만, 창고까지 동행했던 간수는 빈손이었다. 당연히 간수는 땀 한 방울 나지 않은 상태였으나, 어기적거리는 그의 걸음에서는 밤샘의 피로가 가득 묻어났다.

"얘야, 저자가 유리를 황금색으로 물들일 때 뭘 넣었는지 기억나니? 너라도 꼭 기억해내길 바래. 그래야 네가 살 수 있거든."

"세베크! 그 아이에게서 떨어져라!"

"오, 뭔가 켕기는 게 있나 보지? 간수! 저 검은 놈을 꼼짝 못 하게 잡아!"

화들짝 놀란 간수가 누비아 사람을 붙잡고 실랑이를 하는 동안, 세베크는 브살렐의 가느다란 팔을 붙잡고 벌겋게 달아오른 화덕 앞으로 끌고 갔다.

"네 손가락이 길고 곱구나. 장인의 재능이 담긴 손이야. 예전에는 왜 몰랐을까? 하긴 알았어도 신전의 하인인 너를 장인의 길로 이끌어 줄 사람이 있을 리가 없지."

"아, 아파요."

"인내심은 약하네? 장인은 말이야, 고통을 참을 줄 알아야 해. 내 손을 봐. 여기저기 흉터가 많지? 이건 뜨거운 화덕과 날카로운 연장을 다루는 유리장인의 숙명과도 같은 거야. 그러니까 장인은 고통을 두려워해서는 안 돼. 그래, 네가 황금유리의 안료를 기억해 낸다면 내가 널 장인의 길로 이끌어 줄게. 좋지? 그러나 말이야, 네가 아무것도 기억하지 못하는 바보라면, 신전의 하인도 할 수 없게 될 거야."

브살렐은 잡힌 팔을 잡아당겨 보았으나, 세베크의 손은 독수리 발톱처럼 더욱 단단하게 감겨올 뿐이었다.

"이놈, 내가 말하겠다. 그러니까 그 아이는 내버려 둬!"

세베크는 누비아 사람의 외침을 들으면서 회심의 미소를 지었다. 팽팽하게 대치하던 상대의 약점을 제대로 물었다는 것을 알았기 때문이었다. 어설픈 놈들은 여기서 물렁하게 물러나겠지만, 그래서는 안 된다. 무너뜨리기로 결심했다면, 적이 다시 기운을 되찾지 못하도록 완전히 주저앉혀야만 하는 것이다.

"앗!"

"화덕이 뜨겁지? 살짝 만진 건데 벌써 손바닥이 벌게졌구나. 하지만 이건 아무것도 아니야. 화덕 속에 유리물이 튀면, 살이 뭉개지고 뼈가 드러나도 떨어지지 않거든."

민솔이, 보민이 앞길에 꽃길과 푸른 숲길이 있기를 바래본다

검은 집게가 화덕 안에 들어갔다 나오자 벌건 유리
물이 집게발을 타고 뚝뚝 떨어졌다. 공기조차 하얀
수증기로 태워버리는 열기 앞에서 브살렐의 몸과 마
음이 돌사자처럼 굳어버렸다.

"얘야, 뭐라도 생각나는 것이 있니?"
두려움에 얼이 빠진 아이가 대답하지 않자, 그는 즉
시 검은 집게를 아이의 손바닥에 올려놨다. 인간의
손은 두 개니까 첫 질문에서 대답을 듣지 않아도 상
관없다고 생각하기도 했고, 어차피 자신이 원하는 대
답을 해줄 사람은 이 아이가 아니었다. 그러나 세베
크가 모르는 것이 있었다. 이 아이는 이미 고통을 숙
명으로 받아들인 어엿한 한 사람의 장인이었다.

"으아악!"
브살렐은 벌겋게 달아오른 집게발을 움켜잡았다.
살이 타는 고통이 뇌까지 태워버릴 듯했지만, 그는
남은 한 손마저 사용해서 뜨거운 집게를 부여잡고 힘

가끔 비가 와서 진흙길에도 빠지겠지만,

껏 밀어제쳤다. 불시에 기습을 당한 세베크는 몸의 균형을 잃고 뒤로 두어 발짝 물러났다. 그러나 그게 화근이었다. 그는 화덕에 너무 가까이 있었다.

"헉! 뜨거워!"

냉철한 세베크는 무엇인가에 걸려 넘어지면서 몸이 화덕에 닿은 순간에도 침착하게 말을 내뱉었다. 그러나 비틀거리는 걸음에 채인 항아리가 깨지면서 흘러나온 역청이 화덕의 불길에 닿아, 불꽃이 거인처럼 일어서자, 더는 그의 냉정함이 버티지 못하고 염소 치즈처럼 녹아 버렸다.

"어헉, 어헉!"

그는 일어서려고 애를 썼지만, 돌바닥을 적시며 검붉게 번들거리는 역청으로 인해 계속 미끄러졌다. 그의 몸부림이 거셀수록, 그의 허리에 두른 얇은 천이 역청을 흠뻑 머금고, 몸에 찰싹 달라붙었다. 그리고 신의 형상처럼 일어선 거대한 불꽃이 두 팔을 벌려 그를 껴안았다.

"아악, 아아악!"

간수가 무시무시한 비명을 질러대는 세베크에게 달려왔지만, 불길이 너무 거세서 가까이 다가가지 못했다. 그 사이, 세베크의 몸을 타넘은 불길이 공방 이곳저곳으로 옮겨붙었다.

"이런, 미련한 놈! 그까짓 안료의 비밀이 뭐 대수라고 손을 태운단 말이냐!"

누비아 사람은 불길에서 가까스로 끌어낸 어린 제자의 두 손을 살펴보았다. 두 손 모두 심각한 화상을 입었지만, 특히 집게발을 움켜잡았던 손의 화상이 심했다. 검게 타버린 손가락 중에는 뼈가 드러난 것도 있었다.

"으윽. 전 괜찮아요."

"뭐가 괜찮다는 거야! 장인에게는 손이 생명이라는 거 몰라? 손을 소중히 하지 않는 놈은 장인의 자격이

과거를 팔아 오늘을 살지 말고, 미래를 말하며 과거를 묻어 버리거나

없어!"

브살렐은 새끼를 사냥당한 사자처럼 울부짖는 스승의 소리가 자기 심장으로 흘러들어오는 것을 느꼈다. 그 사랑이 심장의 박동을 따라서 온몸으로 퍼져나가자 나른해지면서 잠이 몰려왔다. 그는 누비아 사람의 품에 안긴 채 어린 아기 같은 미소를 지으며 정신을 잃었다.

미래를 내세워 오늘 할 일을 흐리지 말라_임영출

24. 탈출

"으음."

브살렐은 뜨겁게 달궈진 집게발을 잡을 때 느꼈던 것과 똑같은 고통을 느끼면서 깨어났다. 정신을 차려서 아픔을 느끼게 된 것인지, 아니면 너무 아파서 깬 건지 모를 만큼 아팠다.

"이걸 마셔라. 그럼 통증이 조금 가라앉을 거야."
목소리만큼이나 앙상하고 주름진 손이 다가와서 고통으로 뒤틀리는 그의 몸을 눌렀다. 그리고 다른 손

어제와 똑같이 살면서 다른 미래를 기대하는 것은

으로는 목뒤를 받쳐주면서 부드럽게 일으켜 주었다.
목구멍으로 시큼한 포도주가 넘어가자 조금 진정이
됐다.

"고맙습, 으큭."
브살렐은 간단한 한 마디조차 다 말하지 못하고 이
를 악물어야 했다. 얼굴을 잔뜩 찌푸린 채 누런 아마
포로 둘둘 말려 있는 두 손을 내려다보았다. 누가 흔
드는 것도 아닌데 두 팔이 덜덜 떨리고 있었다.

"우선 급한 대로 꿀을 부었어. 우리같이 가난한 집
에 꿀단지가 있었으니 얼마나 다행이냐? 사실은 우
리 아들이 나 먹으라고 구해 온 것이지. 하지만 엄청
난 상처라서, 제대로 치료하지 않으면 손이 썩어버릴
거야. 쯧쯧, 어린 네게 이런 몹쓸 짓을 하다니, 정말
말세로구나. 그래도 너무 실망하지 마라. 우리 아들
이 널 데리고 테베로 간다더라. 테베에 있는 콘수신
전의 신관들이라면 틀림없이 네 손을 고쳐줄 거야."

정신병 초기 증세이다.(아인슈타인)_자유인

"아들이라니, 누굴 …?"

노인은 수다스럽다 할 만큼 많은 말을 했지만, 브살렐은 그의 말에서 자기가 처한 상황을 제대로 이해할 만한 단서를 발견할 수 없었다. 그러나 곧 문이 열리고 성큼 들어선 사람들로 인해서 그의 궁금증이 풀렸다.

"일어났구나. 정말 다행이다."

침대에서 일어나 앉아 있는 브살렐을 보고 반색하며 다가온 사람은 누비아 사람이었고, 그 뒤로 걱정이 가득한 얼굴로 주뼛거리며 다가온 사람은 신전에서 그들을 감시하던 간수였다.

***

"아버지도 같이 가셔야 해요. 어떻게 저만 테베로 가요?"

"난 안 간다니까. 이곳에는 평생 일해서 마련한 우

하나님은 나를 가장 소중하게 만들어 제일 아름다운 작품으로 세상에

리 가정의 죽음의 집이 있다. 죽은 아내가 그 집에서 나를 기다린 게 10년이 넘었어. 내가 그 집에 가지 못하게 되면, 네 어머니 혼자 얼마나 외롭겠니?"

"여기 계시면 신전의 사람들이 아버지를 가만두지 않을 거예요."

"나대로 다 방법이 있어. 그러니까 너는 내 걱정하지 말고 떠나. 대신 한 가지만 약속해라. 언젠가 사정이 좋아지면 꼭 돌아와라. 네 자식에게 해골을 들려서라도 돌아와. 그 집에서 너와 네 아이들의 영혼을 만날 수 있기를 바란다."

"아, 정말! 그게 장가도 못 간 자식에게 할 소리에요?"

간수와 노인이 눈물을 훔치며 이야기를 나누는 동안, 브살렐은 누비아 사람으로부터 자기가 기억하지 못하는 시간에 벌어진 일들에 대한 이야기를 들을 수 있었다.

"너를 둘러업고 빠져나오는데, 저 사람이 불길 속

에 주저앉아 있더구나. 그래서 내가 귀싸대기를 올려 붙였어. 이대로 죽을 게 아니면 따라오라고 말이야. 막상 공방을 나서고 보니 어디로 가야 할지 모르겠는 데, 갑자기 저 친구가 앞장을 서는 거야. 잘됐다 싶어 서 나도 따라붙었지. 캄캄한 복도를 몇 번이나 돌고 돌았는지 정신이 하나도 없는데, 갑자기 눈앞에 별빛 이 보였다. 아마도 간수들만 아는 비밀통로였겠지. 그리고는 달빛에 의지한 채 들판을 가로질러 이 집에 도착했다."

"세베크 부제님은 어떻게 됐을까요?"

"부제님은 무슨! 그 지옥의 뱀 같은 자식은 불에 타 죽었을 거야. 날이 밝으면 그의 주검이 발견될 거야. 그러면 추적대가 우리 뒤를 쫓겠지. 우리는 그 전에 공주를 만나야 한다."

"바스테트 공주가 언제 올지 알고요?"

"이미 왔어. 지금 멤피스 선착장에 왕실의 배가 정 박해 있는 걸 내 눈으로 보고 오는 길이야."

조직에서 일을 할 때 자신의 성격을 드러내지 말고

25. 산 자와 망자

"공방의 모든 것이 불탔고, 범인들은 도주 중입니다."

"이런, 도대체 그놈들이 어디로 내뺐다는 말이냐? 뭣들 해? 신전 수비대를 모두 내보내서 놈들을 잡아야지. 빨리빨리 움직이라고."

"잠깐, 우파 님. 선착장에 왕실의 배가 도착해 있어요. 이 일이 왕실에 알려지면 신전의 명성이 땅바닥에 떨어질 겁니다. 그럼 왕실의 후원도 끊어지겠지요."

"어휴, 그런 복잡한 일은 제가 잘 모릅니다. 프타님의 오랜 벗인 아누비스 님, 제게 지혜를 빌려주십시오. 제가 어떻게 하면 좋겠습니까?"

"신전 수비대만이 아니라 외전에서 일하는 하인들까지 전부 다 동원해서 놈들을 잡으세요. 가급적 주변 마을을 전부 들쑤셔서 널리 소문을 퍼뜨리고요."

"예? 조금 전에는 이 일이 왕실에 알려지면 곤란하다고 하셨잖아요?"

"대신관이 살해당했고, 그분의 공방이 불탔습니다. 이런 일을 감출 수는 없지요. 그러나 사건의 내막이 어떻게 알려질 것인가는 전혀 다른 문제예요. 이일에 부제들이 관련되어 있다는 것을 비밀로 하시고, 모든 것을 누비아 사람에게 덮어씌우세요. '그놈이 원한을 품고 대신관을 죽였다. 그리고 공방을 불태우려고 하자, 이걸 막으려던 세베크 님이 희생됐다.'라고요."

"그놈과 함께 도망친 하인과 간수는 어떻게 할까요?"

"그놈들은 모두 아톤의 추종자들입니다. 그놈들 주

내가 하는 것보다 우리가 하는 것이 세상에서는 더 큰 의미가 있다_민일홍

변에 아톤의 추종자들이 더 있을 테니, 이참에 발본
색원해야겠지요."

"저, 신전의 많은 사람이 이 일에 대해서 알고 있는
데요. 정말 그렇게 하면 왕실을 속일 수 있을까요?"

"휴, 대신관님의 몸을 죽음의 배로 옮길 때, 내전의
하인들 모두를 순장시키세요."

"하인 전부를요? 그중에는 부제들이 아끼는 자들도
있을 텐데요?"

"부제 누구요? 베스는 감옥에 있고, 하마디는 베
스의 동조자로 의심받고 있어요. 그리고 우파 님에
게 아끼는 하인이 있으리라고는 상상이 되지 않는군
요."

"아직 세베크 님이 살아있습니다."

"오, 세베크! 그가 있는 한 당신은 영원히 대신관이
될 수 없을 거요. 당신은 정말 그가 살아나기를 바라
나요? 자, 이 늙은이를 보세요. 저는 당신이 대신관
이 되기를 진심으로 원해요. 그러니 이제 군대를 몰
고 가서 아톤을 추종하는 자들의 마을을 불태우세요.

누비아 놈은 반드시 죽이시고요. 그래야 프타신전의
비밀이 지켜질 수 있어요."

"알겠습니다. 제 손으로 반드시 프타신전의 명예를
지켜내겠습니다."

"그래요, 우파 님. 당신이 돌아오실 때까지, 이 늙
은이는 당신을 대신관으로 맞이할 준비를 하겠습니
다."

잔뜩 상기한 얼굴을 한 우파가 허둥지둥 어둠 속으
로 달려가자, 아누비스는 긴 한숨을 내쉬었다. 대신
관을 비롯해서 부제들이 모두 저 모양이 됐으니, 프
타신전은 최고의 장인들 대부분을 잃은 셈이었다. 이
신전에서 온갖 풍상을 다 겪었지만, 이번 일만큼 위
기였던 적이 또 있었나 싶었다. 그는 너무도 아쉬운
마음에 사경을 헤매는 사람을 향해 욕이 튀어나왔다.

"그래서 내가 아톤의 저주를 조심하라고 하지 않았
느냐! 세베크, 이 바보 같은 놈!"

(내가 나에게 주는 글) 보고 싶은 것만 보고, 듣고 싶은 것만 듣지 말고,

"미안하오."

"그런 말 말아요. 나도 이제는 한배를 탄 입장이니까."

누비아 사람은 간수에게 검게 그을린 갈대 방석을 넘겨주었다. 이 방석을 공주에게 전달하면 살 길이 열릴 거라니 믿기 힘든 말이었지만, 명령을 받는 것에 익숙한 간수는 아무것도 묻지 않고 갈대 방석을 품속 깊이 묻었다.

"그나저나, 내가 돌아올 때까지 이 사람이 견뎌낼지 모르겠네."

"견뎌낼 거요. 이 아이는 시련의 불을 이겨낸 장인이니까."

누비아 사람의 말에 공방에서의 일들이 기억난 간수는 몸을 부르르 떨었다. 보지 않으려고 하는데도 자기도 모르게 피고름이 배어 나오고 있는 누런 아마포에 시선이 머물렀다.

"휴, 내가 조금이라도 빨리 가는 게 이 사람을 위해 좋겠지요. 이곳에 누가 오거나 하지는 않을 거예요. 이집트 사람은 죽은 자의 집을 존중하니까요."

누비아 사람은 간수의 발걸음 소리가 멀어진 후로도 어둠 속에 웅크린 채 기다렸다. 개나 고양이 소리조차 들리지 않는다는 것을 확인한 뒤에 비로소 천천히 몸을 일으켜서 브살렐의 곁으로 갔다. 본래 계획대로라면 함께 선착장을 향해 달리고 있었겠지만, 갑자기 브살렐이 정신을 잃는 바람에 그러지 못하게 됐다. 날이 밝아오는데 사람들의 이목이 많은 마을에 계속 머물 수도 없는 터라, 그들은 마을에서 제법 멀리 떨어져 있던 죽음의 마을을 찾아 그중 하나에 숨어들었다. 간수의 아버지가 만들었다는 죽음의 집도 이 마을에 있었다.

"으윽, 물, 물을 좀."

고열에 시달리는 브살렐이 물을 찾자, 검은 스승의 눈에서 눈물이 흘렀다. 의식이 돌아온 것이 아니라,

"주의 날개 그늘 아래에 피하나이다.

본능적인 몸부림이라는 것을 알기 때문이었다. 주변을 둘러보자 작은 탁자에 뚜껑이 달린 그릇들이 놓여 있었고, 그 안에 물과 마른 과일이 담겨 있었다. 그것은 망자의 가족이 망자를 위해 차린 식탁이었다. 누비아 사람은 침상에 누워있는 사람 형태의 나무관에 경의를 표한 다음, 조심스럽게 항아리의 물을 따랐다.

***

"누가 마노의 아버지인가?"

"이 늙은이올시다."

마을의 공터에 가득 모여 있던 사람들 속에서 우파의 질문에 대답하고 나선 사람은 간수의 아버지였다. 병사들이 달려들어 그의 가늘고 주름투성이 팔을 붙잡고 앞으로 끌어내자, 횃불을 등진 우파를 검게 물들인 그림자가 흔들흔들 노인을 향해 덮쳐갔다.

"아들이 아직 돌아오지 않았다고?"

주의 빛 안에서 주의 빛을 보리이다. (시편 36편)_류병주

"그렇습니다. 제 아들놈이 프타님의 은총을 입고 신전에 올라가면, 보통 열흘 이상 머물다 오곤 하는데, 아직 열흘이 되지 못했습니다."

"너희 모두 마노를 보지 못했고?"

자다가 끌려 나온 마을 사람들은 우파가 하는 말을 이해할 수조차 없었다. 그들은 서로 불안한 눈빛을 주고받기만 한 채 아무도 입을 열지 못했다. 그때 병사들이 피 묻은 천을 들고 돌아왔다. 그중에는 태양을 상징하는 장신구를 여럿 찾아서 가져온 사람도 있었다. 우파의 얼굴에 잔인한 미소가 어렸다. 그가 손을 들자, 마을 사람을 둘러싼 병사들이 일제히 칼을 빼들었다.

***

"그자를 일으켜라. 대화하겠다."

어린 여성의 목소리였지만, 그 안에 담긴 자기 확신은 주변의 인물들을 순종하게 만드는 힘이 있었다.

190

호위병이 발을 치우자 머리를 밟힌 채 바닥에 엎드려 있던 사내가 가까스로 고개를 들었다. 그러나 몸은 여전히 바닥에 붙어 있었다. 사방에서 반짝이고 있는 칼날이 여전히 전신을 에워싸고 있었다.

"물건은 잘 받았다. 과연 그는 약속을 지켰군. 그런데 나는 조금 전 이상한 보고를 받았어. 그건 프타신 전에서 벌어진 살인 사건에 대한 이야기였다."

"저, 공주님. 그 사람이 죽어가고 있습니다."

공주는 이 사람이 갑자기 말허리를 자르고 들어온 것에 대해 화를 낼 수 없었다. 그가 한 말에 자기도 모르게 가슴이 철렁 내려앉았기 때문이었다. 그 후, 그녀는 자기 자신도 이해할 수 없는 명령을 내렸고, 공주의 명령을 받은 호위대가 급하게 배를 떠났다.

***

"이런 제길!"

너희 행복에 책임 있는 사람은 이 세상에 너밖에 없다.

만물에 생기를 불어넣는 아침 햇살을 받아, 아름답게 채색된 집들이 반짝이고 있었다. 그러나 카유는 자기 눈앞의 풍경이 마음에 들지 않았다. 간밤에 마둔의 지팡이에 두들겨 맞으면서 수색조에 편성된 것도 싫었고, 자기가 집에서 끌어낸 사람들이 군인들에게 고문을 당하고 죽어가는 것을 보는 것도 싫었다. 그것은 신전의 정원에서 꽃과 나무를 가꾸던 그가 감당하기에는 너무 잔인한 장면이었다.

"없습니다!"

"비었습니다!"

겉보기는 똑같지만, 다행히 이 마을은 죽음의 집들이 모인 죽은 자들의 마을이었다. 산 자를 죽음에 이르게 하는 것보다는 차라리 망자의 안식을 방해하는 것이 덜 미안했다. 카유도 마지못한 발걸음을 옮겨서 한 집의 문을 열고 들어갔다.

"으악!"

집안에 웅크리고 있던 거대한 그림자가 그를 덮치

삶에 대해 책임감 있고 자기 자신을 소중히 여기는 그런 사람으로

자, 카유는 비명을 지르며 앞으로 고꾸라졌다. 그는 얼굴에 가해지는 큰 아픔에서 코가 깨지고 코피가 터졌다는 것을 알았다. 이건 몇 번의 경험이 있으면 누구나 금방 알 수 있는 일이었다.

"저기, 저기 있다!"
"와, 잡아라!"
산 자들의 함성이 고요했던 망자들의 마을을 뒤흔들었고, 점점 더 멀어져 갔다. 가까스로 몸을 일으킨 카유도 비칠거리며 밖으로 나가려고 했다. 그러다 열린 문을 통해 들어온 아침 햇살이 집안을 밝혀주자, 누런 아마포로 둘둘 말려 있는 주검이 바닥에 놓여 있는 것을 볼 수 있었다.

"죄송합니다. 죄송합니다."
카유는 망자를 향해 몇 번이고 허리를 숙였다. 조금 전 그가 망자의 몸을 밟고 넘어졌다는 것을 깨달았기 때문이었다. 주위를 둘러보니, 침상 위에 고인을 담

앉던 나무관이 보였다. 카유는 바싹 말라 무게가 거의 나가지 않는 미라를 안아 들었다. 이것으로 고인에게 범한 무례를 갚을 생각이었다. 그러나 그는 고인을 관에 모시지 못했다. 관에는 이미 다른 이가 누워있었다.

"브살렐!"

카유의 코끝에서 걸쭉하게 늘어진 핏덩이가 달랑거리고 있었지만, 미라를 안고 관을 들여다보는 기이한 자세로는 어떻게 해 볼 수가 없었다. 그 순간 카유가 힘껏 숨을 들여 마시자, 길게 늘어진 핏덩이가 그의 코로 빨려 들어갔다.

"카유 님, 어디 계세요?"
"어, 어! 여기야!"

카유는 집안을 들여다보지 못하도록, 자기 등 뒤로 문을 닫고 텅 빈 거리로 나섰다. 유난히 긴 다리로 경정대며 달려온 신참이 숨을 헐떡이며 말을 쏟아냈다.

"삶은 마음의 그림입니다."

"아직도 여기에 계시면 어떡해요? 우리가 잡은 놈을 신전 경비대에게 뺏겼단 말이에요. 카유 님이 없다고 그놈들이 우리를 무시하잖아요."

"그래? 감히 경비대 주제에 신관의 수족인 우리를 무시했단 말이지? 가자! 내가 가서 그놈들을 혼꾸멍을 내 주겠어!"

카유가 위풍당당하게 앞장서자 신참의 얼굴에 뿌듯한 자부심이 차올랐다. 그러나 앞장선 카유의 얼굴에는 부풀어 오른 코만큼이나 깊은 고뇌의 흔적이 역력했다. 이제 신참에게 하인의 권리에 대한 진실을 말해줄 때가 된 것이다.

***

"배에 오를 때는, 가마가 흔들리지 않도록 조심해라."

"예!"

태양이 하늘의 정점에 서서 자신의 권능을 최고로

뽐내고 있을 때, 한눈에 봐도 왕실의 정예군으로 보이는 사람들이 커다란 가마를 호위하며 배에 올랐다. 선착장의 사람들은 외출했던 공주가 돌아온 것으로 생각했겠지만, 정작 바스테트 공주는 배의 깊은 곳에서 가마가 도착하기를 기다리고 있었다.

"공주님은 보지 않으시는 것이 좋겠습니다."
그는 최고의 의료 신관들이 모여 있다는 콘수신전 출신이었다. 그러나 맹세코 이런 흉측한 상처는 처음이었다. 피고름이 엉킨 아마포를 손에서 벗겨내자 미라를 만들기 위해 망자의 내장을 뽑을 때 나던 냄새보다 더 지독한 냄새가 났다.

"그 사람은 내게 무척 중요한 사람입니다. 어떻게든 살려내세요."
"휴, 최선을 다하겠습니다."
콘수신전에서 촉망받던 의료 신관은 자기 경력에 있어서 일생일대의 기회가 왔다는 것을 알았다. 어차

To 사랑하는 아내 은혜와 딸 수아, 내일을 예측할 수 없는 삶이지만

피 대신관이 되지 못할 바에야, 왕실에 투신해서 성공해보자고 생각했었다. 이 일로 공주의 총애를 받게 된다면, 이루고자 하는 목표에 한걸음 더 다가가게 되는 것이다.

***

"어머니, 아버지가 오셨어요."

마노는 아버지가 일생 가꿔온 죽음의 집을 둘러보았다. 시커먼 남자 둘이 살던 마을의 집보다 이 집이 더 넓고 좋았다. 그래서 한때는 죽은 자의 집에만 매달리는 아버지를 원망하기도 했다. 그러나 어머니와 아버지를 한 침상에 뉘어놓고 보니, 두 분을 넓고 안락한 집에 모셔서 다행이었다.

"아버지, 제대로 염을 해 드리지 못해서 죄송해요. 그래도 이렇게 해 놓으면, 죽음의 강을 건너 영혼이 돌아왔을 때, 육신이 완전히 사라지지는 않았을 거예

서로 보듬어주고 최선을 다해서 행복하게 살자_From SuaFam

요."

마노는 가지고 온 생석회 자루를 찢어서 아버지의 육신에 들이부었다. 그 옆에 함께 누워있는 어머니의 바싹 마른 미라에도 생석회가 쌓였다. 아직 몸속에 피가 남아있었는지, 아버지의 가슴에서 올라온 핏물이 생석회를 붉게 물들이자, 간수는 그 자리에 주저앉아서 통곡했다.

"이제 그만 갑시다."

모든 것을 말없이 지켜보던 누군가가 감정 없는 말투로 말했다. 그는 길 안내자를 보호하기 위해 남았던 왕실 근위병이었다. 비척거리며 일어선 마노는 그 사람에게 고개를 숙여 감사를 표했다. 이미 공주의 명을 완수했는데도 불구하고, 자기를 위해 이만큼 기다려준 것은, 자기가 생각해도 참으로 대단한 친절이었다.

난 오늘 하루가 좋다_김윤희

26. 테베로 가는 배

"왕실의 배가 떠났습니다."

"바스테트 공주께서 프타신전의 변고를 잘 헤아려 주셔서 다행입니다."

"우파 님은 정말 그렇게 생각하시오?"

"예? 혹시 공주가 뭔가 눈치를 채기라도?"

"이집트의 모든 신전은 정치와 깊게 맺어져 있습니다. 중앙 무대인 왕실의 실력자들과 줄을 잘 맺어야 신전의 미래를 보장받기 때문이에요. 권력자들과의 연결은 신전의 이전투구에서 밀려난 자들에게도 좋

가족은 가장 가까운 이웃입니다_John.Kim

은 기회가 되지요."

"무슨 말씀이신지 이해하기가 어렵습니다. 좀 쉽게 풀어서 설명해주시지요."

"휴, 우파 님이 프타신전의 대신관으로 수행해야 할 역할이 막중하다는 말이에요. 이 늙은이는 너무 피곤하군요. 이만 물러가겠습니다."

우파는 멀어져 가는 아누비스의 등을 멍하니 바라보았다. 그러나 그가 시야에서 완전히 사라지자 눈빛이 표독스럽게 변했다. 사람이 지혜가 부족하다고 감각마저 없는 것은 아니다. 우파가 비록 이해력이 부족하다고 해도, 사람의 말투에 담긴 무시와 비웃음을 못 느끼는 것은 아니었다. 그는 원로원의 수장이 주고 간 파피루스를 들여다보았다. 갈변된 파피루스에는 감옥에 있는 베스에게 호의적이었던 원로들의 이름이 적혀 있었다. 우파는 손가락으로 그 이름들 위에 새로운 이름을 하나 더 적었다. 오직 그의 눈에만 보이는 이름은 아누비스였다.

***

"이 정보가 확실한 것인가요?"

"프타신전의 부제 중에 하나인 하마디 님께서 직접 전하시는 내용입니다."

"대신관이 자기 제자의 손에 죽임을 당하고, 게다가 아톤의 잔당들이라니, 너무 대단해서 오히려 믿을 수가 없군요."

"신전의 사람들은 공주님께서 황금풍뎅이를 재현하려고 애쓰셨던 일이 아톤과 관련이 있는 것은 아닌지 의심하고 있습니다."

"무엄하다! 감히 네놈이 파라오의 핏줄이신 공주님께 못하는 소리가 없구나."

"죄송합니다. 죽여주십시오."

"수고하셨어요. 이만 가보세요. 하마디 님께 감사하다고 전해주시고요."

바닥에 납작 엎드려 있던 인물이 사라지자, 바스테트는 자기 뒤편에 서 있던 중년 여인을 가까이 불렀다.

오늘도 다시없을 그 날 행복을 만들어 갑시다_CMS

"유모는 그 성질 좀 죽여. 다들 내가 유모 손에서 자라서 성질이 못됐다고 한단 말이야."

"어떤 찢어 죽일 놈들이 그런 소리를 합니까? 제가 그놈들의 혓바닥을 다 뽑아버리겠어요."

"휴, 됐어. 그나저나 누비아 출신 노예가 잡혔다니, 그 아이의 실망이 크겠어."

"그깟 어린 노예에게 마음 쓰지 마세요. 사실 그 히브리 아이도 대신관의 죽음에 연루된 죄인인데, 테베로 데려가는 것은 너무 위험해요. 어디 중간에 버리고 가야 한다고요."

"됐다니까! 그 아이 문제는 내가 알아서 하겠어. 나를 위해 두 손이 다 망가져 버린 애를 어떻게 버려? 하여튼 유모는 못됐어."

침상에 엎드린 바스테트는 푹신한 베개에 얼굴을 묻었다. 이렇게 하지 않으면, 계속되는 유모의 잔소리를 견딜 재간이 없었기 때문이었다.

***

자신이 하는 일을 재미없어 하는 사람치고

"너는 누비아 사람에 대해서는 한 마디도 묻지 않는군."

"공주님은 그분이 어떻게 됐는지 아십니까?"

"모른다."

브살렐은 공주의 대답이 만족스러웠다. 공주도 생사를 모르니, 그분은 살아있는 것이다. 진작 물어봐도 될 것을 괜히 가슴을 졸였다 싶어서 슬며시 웃음이 났다.

"갈대 방석은 잘 받았다."

"그게 보잘것없어 보여도 본래 대신관의 공방에 있던 물건입니다."

"흥, 그럼 그 속의 물건들은 네가 만든 것이 아니겠구나."

브살렐은 다시 웃었다. 공주는 그의 편안한 웃음이 부담스러워서 슬며시 고개를 돌렸다. 형제도 믿을 수 없는 왕실에서는 저렇게 진심으로 웃는 사람을 본 적이 없었다.

"그거, 정말 굉장하더라. 대단한 솜씨야. 하지만, 완성된 것은 아니니까, 넌 아직 약속을 지키지 못했어."

"유리와 금속을 붙이는 것은 굉장히 어렵지요. 그러나 제가 그 어려운 것을 할 수 있습니다. 좋은 스승님에게 배웠거든요. 하지만 제 손이 이러니, 공주님께서는 조금 더 기다리셔야겠습니다."

"그 손은 내가 반드시 고쳐주마. 그러니 너도 약속을 완수해라."

"예, 공주님!"

"그리고 테베에서는 그렇게 웃지 마라. 그곳에서는 손이 아니라 목이 날아갈 수도 있으니."

브살렐이 손을 들어 보이다 인상을 쓰는 것을 보고, 바스테트는 일부러 쌀쌀맞게 굴며 자리에서 일어섰다. 이 사람은 아직 환자인 것이다.

"이렇게 나와 있어도 되는 건가?"

"아, 마노 님. 배에서 바라보는 석양이 너무 아름다

<청년을 청년답게> 살아가는 이 세대의 모든 크리스천들에게

워서요."

한때 간수와 죄수로 만났던 두 사람이 이제는 생사를 같이하는 동료가 되어 어깨를 나란히 하고 나일강을 붉게 물들이는 낙조를 감상하고 있으니, 두 사람 모두 기분이 이상했다.

"험험, 손은 어때?"

"확실히 콘수신전의 사람들은 대단해요. 썩어가던 손에서 고름도 멈췄고, 열도 나지 않아요."

"그럼 예전처럼 회복하겠군. 다행이야."

"하하하, 잘린 손가락들이 다시 자란다면 말이죠."

"내가 괜한 것을 물어서 미안하군."

"아직 왼손이 건재하니까 어떻게든 되겠죠. 저는 말이죠. 비록 손이 이렇게 망가졌더라도, 영혼의 집 만드는 일을 포기하지 않을 거예요. 멋지고 화려하지는 않아도, 이 세상의 모든 영혼이 위로받고 편히 쉴 수 있는 그런 집, 말이죠."

마노는 석양으로 붉게 물든 젊은이의 얼굴을 바라

보면서 일생을 바쳐 죽음의 집을 세웠던 아버지의 심정이 저랬을 수도 있겠다는 생각이 들었다. 뱃전을 스쳐 가는 바람결에 자식에게 해골을 들려서라도 돌아오라는 아버지의 음성이 들리는 듯했다. 돌아갈 곳이 있다는 것이 이렇게 마음에 평안을 준다는 것을, 그는 고향을 떠나면서 처음 알았다.

"두아크."

"예?"

"두아크는 그 흑인 아저씨가 내게 말해준 이름이라네. 자네가 정신을 잃고 헤매고 있을 때, 우리는 통성명을 좀 했지."

"두아크! 제 스승님의 이름이 두아크였군요. 하하하, 두아크, 두아크!"

브살렐은 두 눈에 눈물이 가득 고인 채로 커다랗게 웃었다. 어찌나 크게 웃고 있는지, 공주의 저녁 식사를 시중들던 유모가 선창으로 고개를 내밀고 욕을 퍼부을 정도였다.

27. 나일강의 바람소리

"그래서요? 그 뒤에 어떻게 됐어요? 테베에는 예쁜 아가씨들도 많겠죠? 가만, 혹시 공주와 사랑에 빠진 것은 아니겠죠? 왜 웃기만 하고 말이 없으세요? 우와, 정말 공주와 사랑에 빠진 거예요?"

"얘야, 내 손에 대한 사연은 다 이야기했으니 이제 일을 좀 하자. 모세 님의 성화가 어느 정도인지 너도 봤잖니?"

"에이, 하나만 더 해줘요. 공주가 스승님의 첫사랑인 거죠? 제가 입이 무겁다는 거 잘 아시잖아요. 사모님께는 절대 말하지 않을게요."

"오홀리압, 주물틀 만들 목형을 다 만들어 놓고 이러는 거지? 내일쯤 뭘 어떻게 해 놨는지 점검해 보겠다."

"예? 갑자기 그게 무슨 말씀이세요? 목형을 만드는 것이 그렇게 간단한 것이 아니잖아요. 종류도 한두 개가 아니에요. 기둥 받침대, 장대를 꿰는 고리, 그중에서 최고 난도는 놋쇠그물틀이라고요. 어휴, 정말 말도 안 돼."

브살렐은 짐짓 엄한 얼굴을 해 보였지만, 슬금슬금 뒷걸음치는 오홀리압을 보며 속으로는 웃었다. 이 아이는 갖은 핑계를 대며 놀 궁리를 하지만, 결코 못 한다고는 하지 않는다. 이번에도 커다란 널빤지를 깎고 다듬어서 제대로 된 그물틀을 만들어 놓을 것이다. 브살렐은 그의 길고 고운 손이 얼마나 섬세한지를 잘 알고 있었다. 예전 그의 손도 그랬으니까.

"허허, 녀석. 공주가 첫사랑이었냐고? 내가 그걸 말

해줄 것 같으냐?"

그는 멀어져 가는 오홀리압의 뒤통수를 보면서 중
얼거렸다. 광야의 더운 바람이 천막의 귀퉁이를 흔들
며 지나가자, 뱃전에 나와서 듣던 나일강의 바람 소
리와 비슷했다. 바람결에 묻어나던 상큼한 냄새까지
기억났다.

"왜 그렇게 찌푸리고 있는 거야? 파라오 앞에서 그
런 표정 지으면 바로 처형이라는 거 몰라?"

"아름다운 공주님의 심기를 어지럽혀서 죄송합니
다. 저 태양을 맨눈으로 마주하는 게 너무 오랜만이
어서요."

브살렐은 아마포로 둘둘 말려 있는 손을 눈썹에 붙
여 대며 실눈을 떴다. 공주가 태양을 등지고 서 있어
서 표정을 살피기가 어려웠다. 대신 햇빛이 그녀의
얇고 고운 모시옷을 투명하게 만들었다. 신전의 벽에
서 보던 그림처럼 공주의 굴곡진 몸매가 그의 눈에
가득 들어왔다.

마음엔 국경이 없죠. 오늘도 난 임진강 넘어 너에게로 간다_바다소녀

"호호호, 태양은 위대하신 라의 분신이야. 감히 라를 맨눈으로 보려 한 것이 잘못이지. 그렇다고 눈을 감는 건 뭐야?"

　강바람이 그녀의 옷자락을 펄럭이게 하자, 나일강의 물비린내와 함께 달콤한 벌꿀 냄새가 났다. 이어서 상큼한 과일 냄새, 깃털처럼 가벼운 들꽃 냄새가 따라왔다. 브살렐은 눈을 감은 채, 코끝을 간질이는 향기를 즐기면서 배의 출렁이는 흔들림에 몸을 맡겼다.

message를 보내주신 모든 분께 감사드립니다♡_편집장

에필로그

"아이들 교육은 오홀리압 담당이잖아요."

"그는 새신랑이 아닌가! 결혼 첫해에는 모든 일에서 빼주는 것이 야훼의 가르침일세."

성막 공사만 끝나면 쉴 수 있으리라 생각했던 브살렐은 모세의 간곡한 부탁을 받아 장인이 되기를 원하는 아이들 앞에 서야만 했다. 말이 부탁이지 모세가 말끝마다 신의 뜻을 들먹이는데, 거절할 방법이 없기도 했다.

"험험. 장인이 어떤 사람인지 아는 사람?"

"아름다운 물건을 만드는 사람이요."

"또?"

"비밀을 간직한 마법사요!"

"에에?"

"위대한 하나님, 야훼의 지혜를 가진 사람이요."

"오, 누가 그러든?"

"오홀리압 아저씨가요."

"흥, 그럼 그렇지."

"브살렐 님에게 장인이란 어떤 사람인가요?"

"내게 장인이란 그냥 직업이야. 농부나 목동이 되지 못한 내가 장인조차 아니었으면, 이 광야에서 뭘 해먹고 살겠니?"

"모세 님이 아저씨를 위대한 장인이라고 칭찬하던데요?"

"이집트에선 말이야, 황금풍뎅이를 가진 사람이 아톤의 추종자들을 지배할 수 있어. 대단하지? 이건 비밀인데, 난 황금풍뎅이를 만들 수 있단다. 만약 내가 황금풍뎅이를 두 개 만든다면? 아니, 열 개를 만든다면? 황금풍뎅이는 더 이상 대단한 물건이 되지 못하겠지. 그걸 만든 나도 별 볼 일 없게 될 거야. 난 황금풍뎅이를 만들 수 있는 장인이지만, 결코 위대한 장인이 아니야."

"아저씨는 성막을 만드셨잖아요! 그건 정말 위대한일이에요."

"성막 제작은 진짜 힘들었어. 모세 님의 설계도가너무 형편없었거든. 본래 신탁이란 것이 그래. 애매모호하고 불분명한 것이 있지. 장인은 그걸 상상력과창의력으로 보완해서 현실이 되게 해야 하니까 정말극한 직업이야. 그만큼 보람이 있는 일이기도 하지만. 얘들아, 내가 성막을 만들고 나서 제일 기뻤던 일이 뭔지 아니?"

"봉헌식 잔치요!"

"맞아! 그날 제사장들이 향로에 불을 붙여서 성막을 향기로운 연기로 가득 채웠어. 마치 야훼께서 하늘의 구름을 타고 내려오신 것 같았지. 사람들이 끊

임없이 제물을 가져오는 바람에, 제사장과 레위 사람들은 혼쭐이 났겠지만, 우린 너무나 기쁘고 즐거웠어. 멀리 있던 신이 우리 곁에 오셔서 우리 손을 잡고 같이 춤추시던 밤이니까."

"그날 아저씨는 엄청 취해서 엉엉 울었어요."

"정말? 다른 사람을 나라고 잘못 본 것은 아니지? 그럼 솔직하게 인정해야겠다. 그날 나는 나 자신이 된 거야. 위대하신 야훼 앞에서 솔직해진 거지. 성막은 그런 곳이야. 모든 영혼이 자기 자신일 수 있는 곳. 하늘의 신마저도! 내가 평생에 걸쳐 배운 기술이 모든 영혼을 위한 집을 세우는 데 도움이 됐다니, 너무 기뻤어. 그래서 좀 울었지. 너흰 어땠니?"

"우리도 좋았어요!"

"그래? 그럼, 재미없는 수업은 여기까지 하고, 이제부터는 다 함께 영혼의 집을 만들어 보자! 다들 연장 챙겨서, 작업장으로 가자고."

장인브살렐

초판 1쇄 발행 2017년 9월 1일
지은이 김요한
펴낸이 김윤희
펴낸곳 플레로마
등록   제2016-000050호
주소   서울특별시 마포구 독막로 266 102-2404
전화   02-719-5080
이메일 pleroma2016@naver.com
인쇄   고려문화사

ISBN 979-11-957796-2-8 03810